ぐっどいゔにんぐ Good Evening

文と絵 吉田篤弘

平凡社

目次はありません

前書きは
こちらにあります

前書き

皆さんはきっと、この本がどんな本なのか知りたいと思われるでしょう。

短い小説集なのか、それとも詩集なのか、あるいは、随筆集なのか。

でなければ、これまで書いてきた文章の中から抜粋されたものなのか。

さもなければ、別の作家が書いた文章の中から気に入ったところを抜き書きしたものなのか。

いずれも違うのです。

では、なんと呼べばいいのか。

著者であるぼくにも、どう呼んでいいかわかりません。

わかっているのは、この本をかたちづくっているものが、「まだ書かれていない本」と呼ばれていることです。

これは、文字どおり「まだ書かれていない本」、言い換えれば、「これから書こうとしている本」で、そのうちのいくつかはタイトルも決まっているし、頭の中には、すでに声や情景のようなものが断片的に居座っています。しかし、まだ、ひとつの物語、一篇の詩としては成立していません。言葉が少しずつ集まって語り始めようとしている――そういう段階にあります。それらは、ほんの数行のみであったり、場合によっては、ただ一行きりであったりします。

しかし、これまでの経験からして、こうしたわずかな断片が最終的には六百枚もの長編小説に発展することがあります。六百枚というのは、いささか大風呂敷をひろげ過ぎかもしれませんが、これまでに書いてきた長編と呼ばれている小説は、そのほとんどが、「ほんの数行」から始まりました。それらはいま、一冊の本として物質的な質量を備えたものとして存在していますが、もともとはノートや手帳の中の「ほんの数行」として長い時間を過ごしていたのです。

この「長い時間」というのが見落とせないところで、本当に長いものは二十年以上にもなり、多くの断片的文章が、何年ものあいだ、短いかけらとして箱の中にしまわれていました。ときどき取り出して読み返し、もし、つづきを書きたくなったら、あたらしいノートにつづきを書く。しかし、書きつづけることなく中断してしまうと、それはまた、あたらしい断片になります。

「断片」はクラフト・エヴィング商會という名のもとに制作してきた美術作品、オブジェ、そして何冊かの著作に共通しているテーマです。断片の面白さ、断片の可能性、断片の孤独、断片の記憶、断片の自由——といったものを、手を替え品を替え、つくってきました。それらは決して未完成なものではなく、いわば「完成された断片」としてつくられたものです。

そうした制作と並行して文章を書く仕事をつづけていると、はたして、三百枚もの長編小説を書く必要があるのだろうか、という思いがしばしばよぎります。なにしろ、どれも最初は「ほんの数行」——断片だったのです。

そして、その数行が一冊の本を形成する何千行にまでなったとき、それはもう断片と呼ぶにはふさわしくなく、完成された「全体」とみなされます。ひとたび、そこに「全体」が姿をあらわしてしまうと、断片であったときの「面白さ」「可能性」「孤独」「記憶」「自由」はそれきり失われてしまいます。

とりわけ、「可能性」です。

断片であったときの「ほんの数行」は、そこからどんな物語にもなっていくことができました。断片であるがゆえに、いくつもの「まだ書かれていない物語」、何冊もの「まだ書かれていない本」につながっていました。そうした、さまざまな物語に思いが及んでいく自由さは、「全体」の完成によって、もう取り戻すことができません。つまり、その数行の文章は、「ほんの数行」であったときと、完成された何千行の一部になったときでは、まるで違うものになってしまうのです。

そこで、それらの「ほんの数行」が、まだ断片であるうちに読んでいただいたらどうだろうか、と思いつきました。

それがこの本です。

ここに並べられた文章の断片は「まだ書かれていない本」の言葉です。前述したとおり、わずか数行であるにもかかわらず、すでにタイトルが決まっているものもあります。短編小説なのか長編小説なのか、はたまた散文詩なのか、もしくは雑感の類なのか、正体は明らかではありません。しかし、その表題はすでに決まっていて、そういう場合はページの隅の方に小さな文字でタイトルを表記しています。表記がないときはタイトルがまだ決まっていないということです。

さて、以上はいわゆる解説でした。取扱説明書です。

でも、こうした説明はいっさい忘れ、他の星からやってきた異星人にでもなった心持ちで読んでいただけたら幸いです。

意味や脈絡を追うのではなく、そこにふとあらわれた物語や情景や人物の断片をつかのま垣間見ていただく。次から次へとです。断片であることを忘れ、次から次へと読んでいったときに、それらの文章のつらなりが、名付けようのない言葉のあつまり——なにものでもない新しい文章のかたちになるのではないかと思うのです。

思えば、ずっとこのような本を書きたいと願っていました。この本こそ、子供のころから長いあいだ作りたかった本なのです。

形式にとらわれないこと——すなわち自由であること。

文章を書くこと、言葉を並べていくことは、つまらない決まりごとから自由になるための最もシンプルな方法なのだと子供のころの自分に伝えたい——。

大人になっても、それだけは変わらないと、いまこそ伝えたいのです。

これにて前書きは
終わりであります

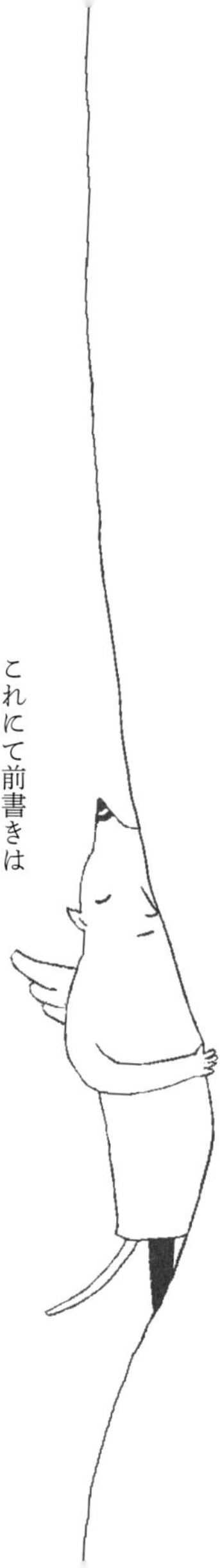

まだ書かれていない本の言葉

それはおそらく、
小さなものと静かなものについて
書かれた一冊になる。
ほかに何を書く必要があるだろう。
この本に収められた言葉は、
20ワットの電球の下で読まれるために
ここに集められた。

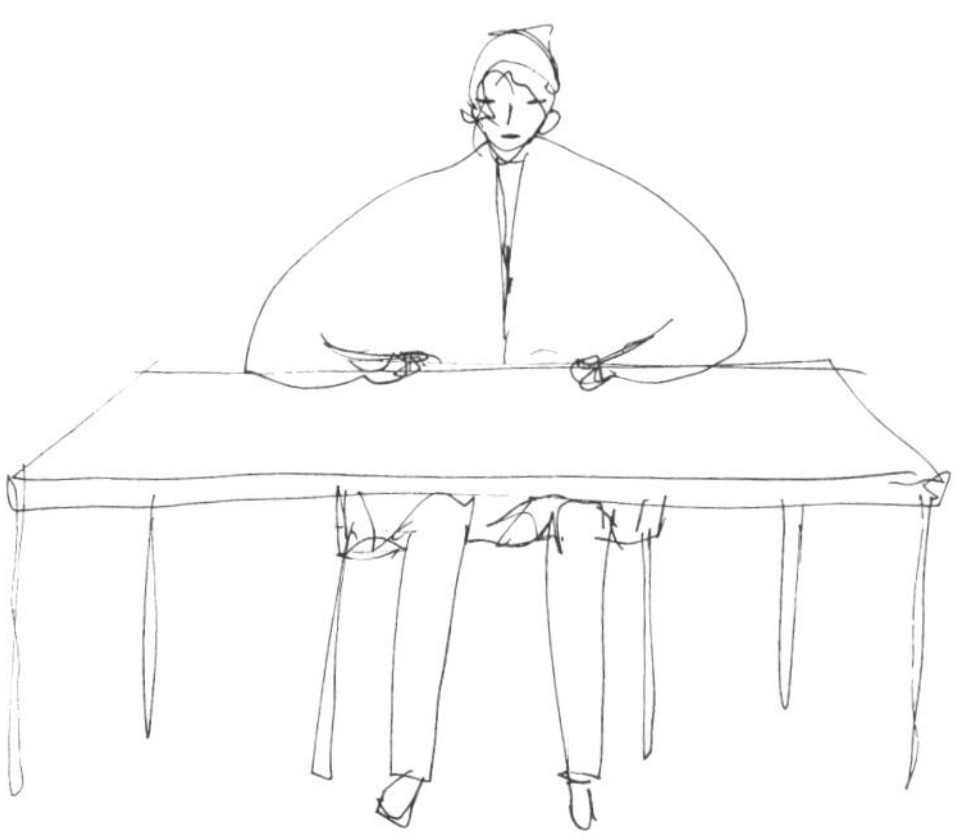

でも、文字が読めないんですが。

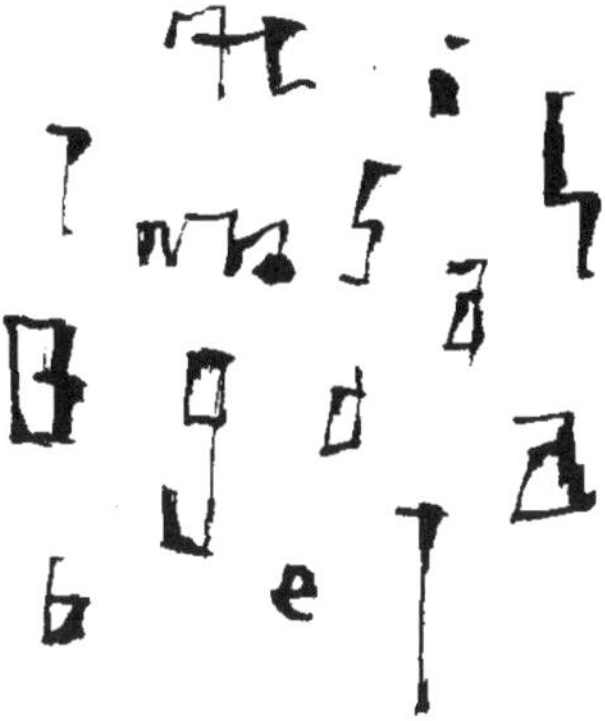

大丈夫。僕にも読めません。

「ベルの鳴る時間」

夜の路上に開幕のベルが響く。

あたりには誰もいなくて、客はすでに入場している。午後七時。時計を見なくてもわかる。街の皆が夢中になっている芝居だ。毎晩、「満員御礼」になる。自分にはしかし、先立つものがないのでTicketが買えない。それで仕方なしに、劇場のまわりを歩きまわる。自動販売機で購入した百三十円のコーヒーを飲み、雲の奥に引っ込んだ月を探して、劇場から漏れ聞こえる声と音楽と歓声を遠い時間のまぼろしのように聞く。毎晩毎晩。それで、自分はあの芝居のすべての音楽とすべてのセリフを覚えた。遠い時間のまぼろしのように美しく歪んだ舞台。そこで営まれる寂しい人々のわずかな交流。いくつもの死。希望。ピアノによる震えるような音楽。最後のセリフは、「明日、また」。そのセリフを聞くまで、劇場のまわりを歩きつづける。

その男は夜の奥から赤い緞帳を割って音もなく姿をあらわした。私は自分の体に合った緑色のソファに座って彼を待つ。冬の新聞がサイドテーブルの上にあり、私はすでに世界中のニュースを読み了えてしまった。あとは男の話を聞くのみ。それで、私の一日が閉じられる。

男は低い声でGood Eveningと挨拶する。

丁寧な発音。ギデオン式の言葉選び。物語を語る者の独特な間合い。

「今夜、ご用意した物語は、夏至を迎えた海にほど近い市場が舞台です。その市場で売られていた魚の腹の中から、二百年前の聖書があらわれたのです」

是非きかせて、と男に目で合図を送る。彼は私の向かいに置かれた青い椅子に腰をおろし、物語が始まる前の束の間、世界全体が静寂に落ちたようなひとときをつくる。そして、ゆっくり話し始める。

きょうもロバとぼくは野を行く。
ロバは悲しい目で世界を見ている。
ロバとぼくはパンを売りに行く。
悲しい街へ。
争いが起きて、たくさんの命がなくなった街へ、
ぼくはロバと野をよこぎってパンを売りに行く。
悲しいことがあった人たちと、ぼくとロバとがまた明日を生きていくため、
ぼくは野をよこぎって、足を痛めたり、風に前髪をあおられたりしながら、
日やけして、鼻をかんで、
ロバに昔のことを話したりしながらパンを売りに行く。

いえ、わたしにとっては、たやすいことです。音楽ではないものから音楽を聞きとる——それだけです。

ええ、記録として採譜をします。

そうですね、たとえば、そのぶどう酒の壜ですが、まだ若い酒のようです、練習曲のようなものを聞きとることができました。

父に教わったんです。父は歴史上六人目の採譜師でしたが、おそらく、歴代最高の耳を持っていたと思います。

なにより、時間から採譜できたのは父だけでしたから——。

でも、そのために長く生きられなかった。

時間が奏でるものに採譜が追いつかなかったのです。

多忙をきわめました。

あのころ、皆で集まって、あの赤いレコードを聴いたものだ。オリオのアパートで安酒を飲んで、ひとしきり人生と仕事について語り合った。

夜がふけると、誰かがレコードに針を落とす。

隣の部屋に響かないよう小さな音で聴いた。ニホンから送られてきたレコードだ。誰かが言った。知ってるか、ニホンでつくられたビートルズのレコードは赤いんだぜ。本当かい。本当だ。驚いたね。おかしなものだな、レコードが赤いと、何度も聴いたTaxmanが別の音楽に聴こえてくる。


「赤いレコード」

鳥が肩にとまるようになって五十六日目。

本日の鳥は濃い緑色の羽毛で青い目をしていた。やはり名はわからない。よく歌う鳥で、何か言いたいことがあるようだった。

「ああ、そうだね」「まったくそう思うよ」「それは残念だったね」

適当に相槌をうっていたら、何かを思い出したかのように急に歌うのをやめてしまった。


鳥が肩にとまるようになって五十七日目。

今日の鳥は黒い鳥で目は黄色。小さないい鳥だ。歌声は控え目で、どことなく律儀な印象がある。

「うるさかったら申し訳ありません」「勝手に肩をお借りしてごめんなさい」

「でも、あなたの肩がちょうどいい具合なので」「おかげでいい歌が歌えました」

おそらく、そんなことを言って（歌って）、ひっそり飛び立っていった。


鳥が肩にとまるようになって五十八日目。

今日の鳥は瑠璃色で目は水色。その鳥を見た者は幸福になれるという。

「ああ、しかしですね」と鳥は冷静な声でささやいた。「それは、そのひとの思い込みで、わたしを見たこととは関係ありません」

「ということは、君を見たから幸福になったわけじゃないんだ」

「いえ、たぶん幸福にもなっていないと思います」

「がっかりしなくていいの」

検査官のマーガレットが、駄目とみなされた十七体のロボットを見渡した。

「駄目というのは、あくまで手続き上の問題で、あなたたちが駄目なロボットというわけではないの」

「でも」と一名のロボットが手を挙げた。「でも、あれですよね、なんというか、何かしら欠陥というか——駄目なところがあるってことですよね」

「それはまぁ、そうなんだけど、あなたたちがロボットとして活動していくとには何の支障もないの。それにね、仮になんらかの欠陥があったとしても、それはこちらの落度であって、あなたたちには何の問題もないの」

「でも」と別のロボットが手を挙げた。「あれですよね、なんというか、駄目じゃないロボットっていうのもいるわけですよね」

「それはそう」とマーガレットは包み隠さず答えた。「でも、そんなことは気にしなくていい。駄目じゃないロボットには別の問題があって――彼らは、わたしたち人間より優位に立とうとするの。それで、すぐに嫌われてしまう。いまや、返品率86パーセントよ」

「でも――」

「ねぇ、聞いて」

マーガレットは声を大きくした。

「これから、このメンバーでオーケストラをつくろうと思ってる。あなたたちのプロモーションを兼ねてね」

「それって」と一名のロボットが手を挙げた。「それってつまり、駄目なロボットのオーケストラってことですよね」

「そう。それ、いい名前じゃない。駄目なロボット・オーケストラ。わたしは好きよ。少なくとも、完璧なロボットのオーケストラより聴いてみたい」

「どうしてなんでしょう」と一名のロボットがつぶやいた。

「そうね」

マーガレットはつぶやきに応える。

「きっと、駄目なロボットの方に親しみを感じるのよ。わたしたち人間にも駄目なところがいっぱいあるから。完璧なロボットと対峙して、ようやくわかったの」

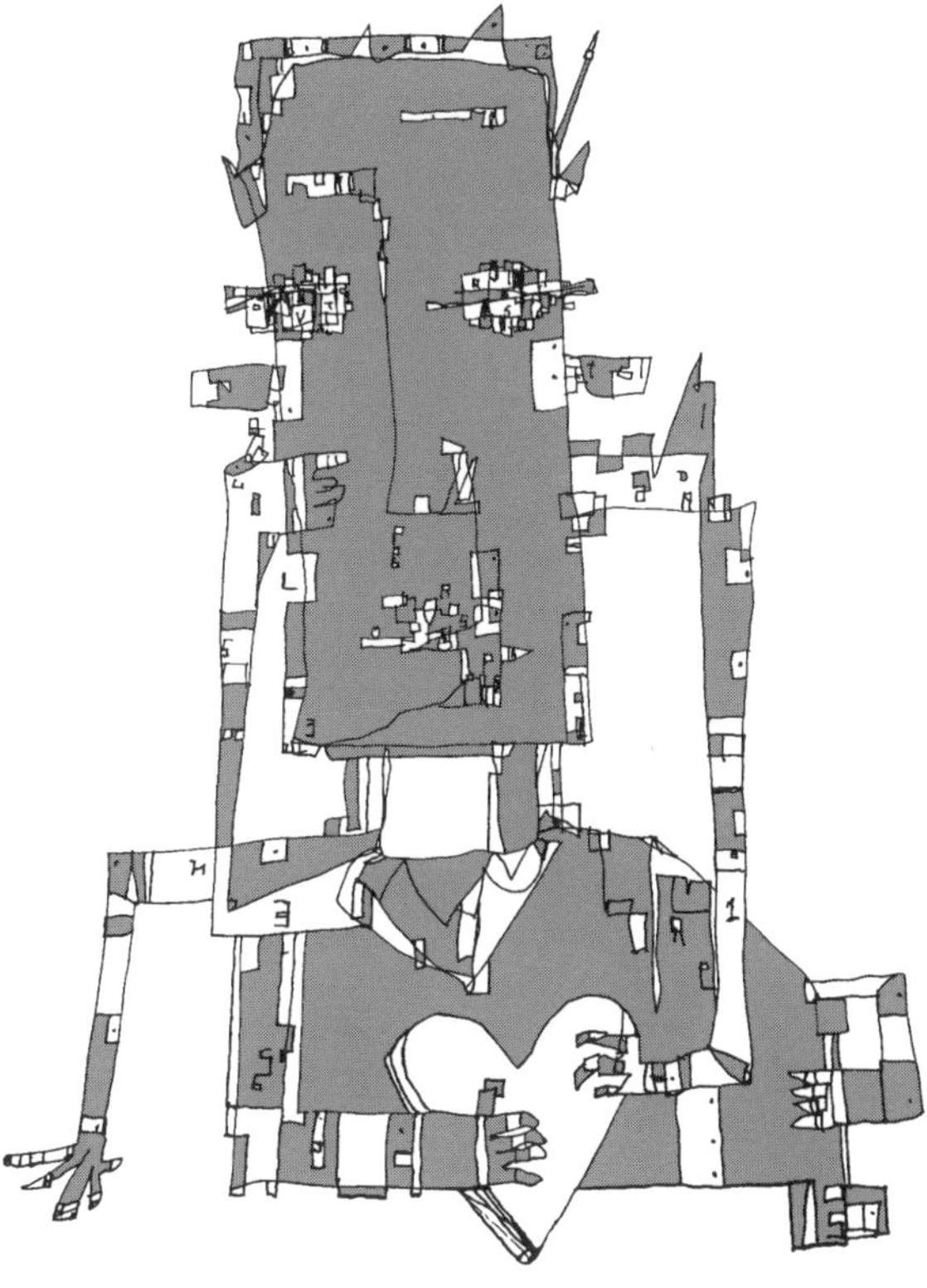

探偵がバスの窓から外の景色を眺めていて、
ふと、あの年若い彼女が犯人であると気づく。

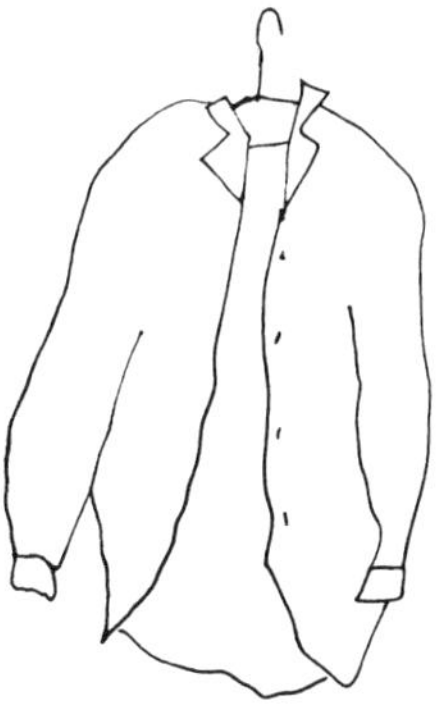

彼は毎週水曜日の午後五時にテレビの画面にあらわれ、古びた飴色のウクレレを弾きながら世の悪行を耳ざわりのいい歌で批評した。

毒舌にして愉快なデイヴィッド。

人気者だった。誰もが彼を愛していた。けれども、彼がどのような人生を歩んで、「ウクレレ・デイヴィッド」と呼ばれるようになったかは誰も知らない。

それで、彼が亡くなってから一ヶ月くらいしたとき、台所のテーブルで目玉焼きを食べながら思いついた。

彼の伝記を書くべきだ。タイトルも決まってる。

それは彼の決まり文句だった。

『イースター・エッグの目玉焼き』――。

十九世紀の音がよみがえる機械です。

とある十九世紀のチェロ奏者が「二百年後の世界」に自分の音楽を届けたいと思い立って、この機械をつくりました。

この機械を発見した失業中のオーケストラ団員＝チェロ奏者の日記にして旅日記をここに公開します。お読みいただければ分かりますが、この無名のチェロ奏者は、二百年前の音楽を再生させるたび、魂を少しずつ失っていきます。その記録ということになります。

わたしたちは彼がノルウェーで眠っているときに生まれました。ですから、父がどのような瞳を持っているのか、どのような声なのか知りません。四人姉妹です。四人とも彼を知りません。触れたこともないのです。

「眠っているのよ」と母が言いました。「もう、ずっと長いこと」

眠る前に保管された彼のspermによって、わたしたちは生まれました。四人ともです。母は白いベッドで眠っている父の写真を見せてくれました。一年に一度だけ。写真の中の彼は穏やかな顔をしています。

「いまも眠っているの?」

嵐の夜に、わたしたちは母にたずねます。

「そうよ。いまも、これからもずっと」

「起きることはないの？」

遠くに落雷の音がして地響きがしました。

わたしたちは皆、雷の音の方へ目を向けました。

「カンガルー・キック——あるいは、刺青を入れた少女」

ああ、そうだ。お前などひとたまりもない。
一発くらったらそれまでだ。
一見、髪をリボンで結んだ小さな女の子だ。皆、油断する。
次の瞬間、お前の体は3メートル先の壁までふっ飛び、
うっかり落としたソフトクリームのように、
ぐったり溶けて、
ジ・エンドだ。

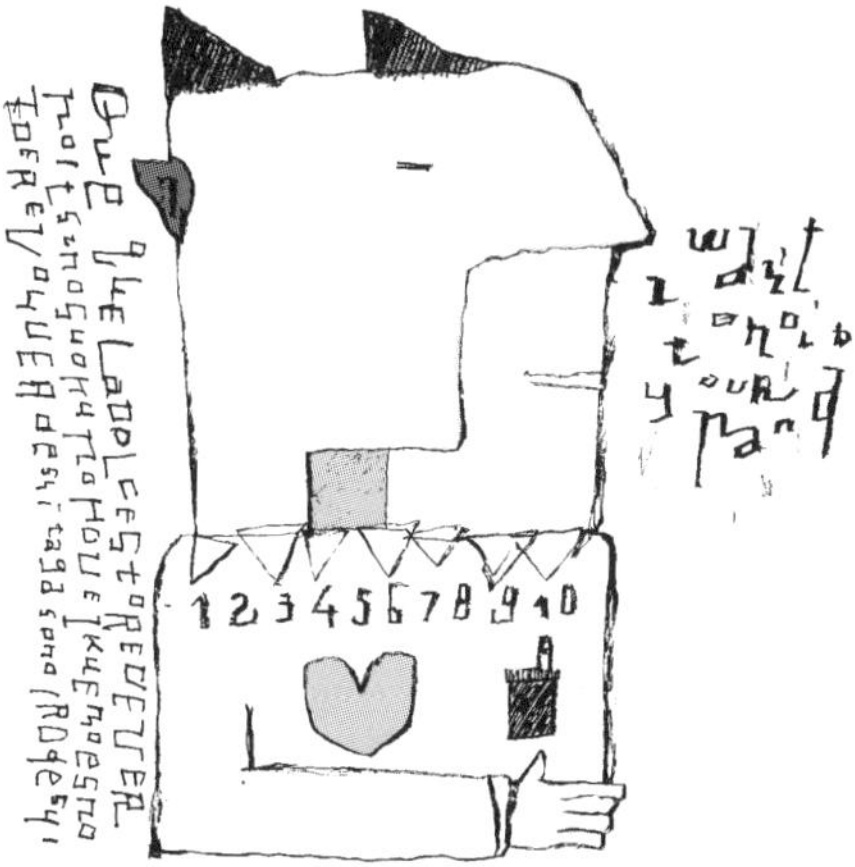
1 2 3 4 5 6 7 8 9 10

試してみた。同じ店で同じパンを買い、同じ店でバターとマスタードとハムとレタスを買い、同じ店でパン切り包丁とバター・ナイフを買った。レタスの水分をとるためのペーパー・タオル、マスタードを瓶からすくいあげる木べら——そんなものまですべて同じものにした。手順もそっくり同じ。同じひとつのダンスを踊るように寸分違わず、われわれは、それぞれにサンドイッチをつくった。

完成。

同じ皿に盛り付け、トマトとポテト・チップスを添えて、コーヒーもいれた。

しかしだ。

何もかもが違っている。その味、その食感、舌にパンが触れた最初の瞬間から して、彼女のつくったサンドイッチの方が美味しい。

かなり激しいガラスの雨だ。
ああ、それなのに、おれは濃厚ジュースが飲みたくてたまらない。
これほどのガラスが降る中を、
濃厚ジュースの自動販売機がある、あの四つ角まで走らなくてはならない。
体中に細かいガラスの破片が突き刺さるだろう。
そんなことはわかっている。わかっているんだ。
「わたしたちが経験したことのないガラスの雨です」
気象予報士がそう言っていた。
そのとおりだ。ここまですさまじいガラスの雨は経験がない。
いや、経験などなくてもわかる。体中に透明なガラスがびっしり突き刺さる。
ああ、それなのに、おれは濃厚ジュースが飲みたくてたまらない。

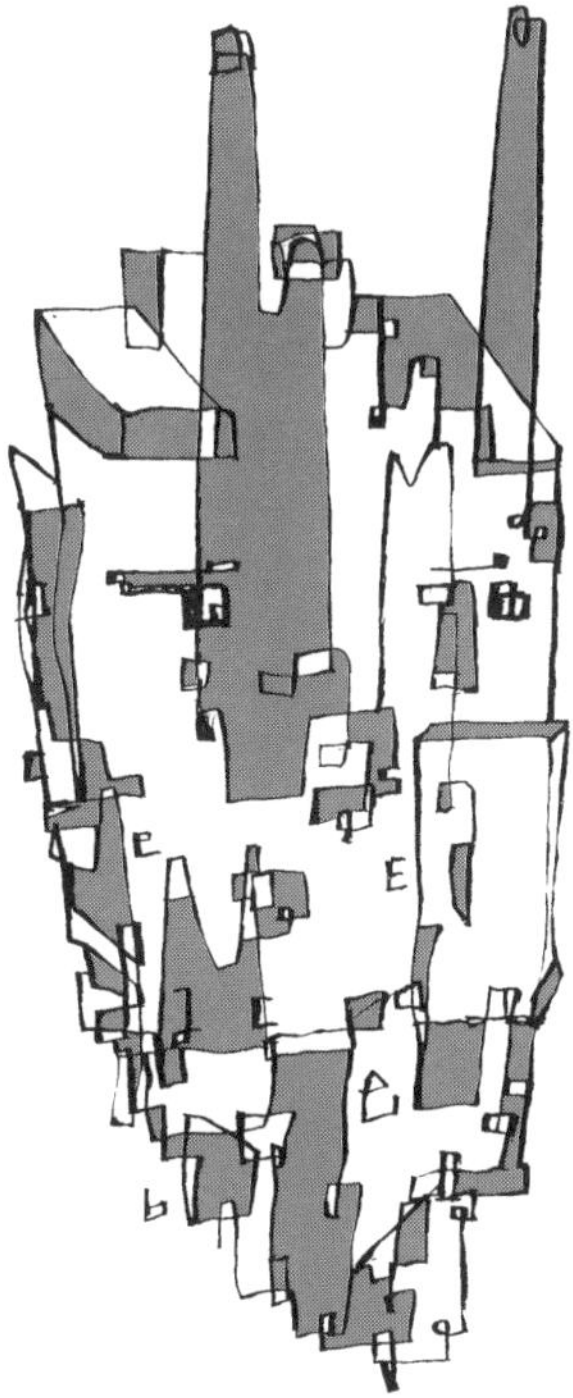

ほら、あそこを汽車が行く。
暗い野原をナイフの先で切り裂くように、
二両編成の汽車がヘッドライトで切り裂いていく。
世界を。
われわれの人生を。
五分間だけ。
汽車が通り過ぎると、あとには真っ暗な野原がのこされる。
次に汽車が通るのは五日後の夜中だ。
「じゃあ、また」
われわれは、めいめいの小さなねぐらに戻っていく。

火星人が七つの腕を持っているのは周知の事実。
月に一度の地球公演で七つの腕によるピアノ演奏。一世を風靡。
そうした中、地球人のピアノ弾きも、どうにかして三本目の腕をドーピング。
いろいろな方法で。手術から手品の類まで。七本は無理なので三本で勝負。
けれども、右脳と左脳だけなので、三本同時に動かすのは無理。
そこを訓練で脳もドーピング。「中脳」の開発。
ものすごい技術。大変な努力。舞台裏をドキュメンタリーで放映。
感動する民衆。

しかし、結局は三本より七本。
しかも、火星人は七本あるのに、五本のみで余裕の演奏。
その余裕に心酔する地球人。
しかし、「五本ならなんとかなる」と地球人ピアニストも意地。
「中脳」に加えて「上脳」「下脳」を分裂的進化で獲得。腕も二本追加。
ところが、火星人は「ピアノは二本の腕で弾くのがベスト」と結論。
狂騒の終焉。
いまは言うまでもなく二本すら無粋。指一本が主流。
音を奏でるのはひとつの指で充分。
静かにゆっくり。ひとつひとつの音をひとつの指で弾いていく。

犬目になったのは18歳のときだ。みんな、なるもんだと思っていた。子供が大人になるみたいに。大事なところに毛が生えてくるみたいに。夜でも遠くまで見える目。そういう目が18にもなれば必要になってくる、そういうものなんだと思っていた。だから、自分が特殊な目を授かったのだと33になるまで気づかなかった。33のときにエリカと出会い、「あなた、もしかして犬目なの」と訊かれた。じっと、おれの目を覗き込んで、「そうよね?」と。「なんのこと?」と訊き返すと、「わたしもなの」と。それで医者に診てもらった。医者も犬目で、「ああ、間違いない」と診断。犬目か犬目じゃないかは人間の目にはわからないという。

So. its bEEn A hard
DAY'S NIGht
LiKE a dog

行き先が空白になっているバスに乗って、三十分も走ると、機械油の匂いが漂う町でおろされた。

バス停の表示も空白になっている。海が潮の香りを運んできた。

目の前に食堂があり、大ぶりの白い暖簾が風にはためいている。暖簾に食堂の名はなく、中を覗くと、奥まった厨房で店主らしき男が調理をしていた。

漆喰の壁はまっさらで品書きの類は見当たらない。

そこで気づく。

この町は文字を失っている。

「あの」と店主に声をかけてメニューをいただいた。

やはり、なにひとつ書かれていない。

禿頭の店主は無愛想で透明なコップに透明な水を入れて黙って差し出した。その指がひどく荒れており、意外に繁盛している店なのかもしれないと憶測が揺らぐ。

どういうものか、温度計が壁にぶらさがり、

ただいまの気温23度

と表示している。

コップの中の水は申し分のない上質なもので、テーブルには塵ひとつない。

ふいに、昨日の夜、弟と言い争ったことを思い出し、そのとき弟が口にした言葉がテーブルの上にかたちとなってあらわれる。

「兄さんは逃げてばかりだ」

意味がわかるということ、理解するということ、それらにどのような価値があるのか教えてください、と他の惑星からやってきたマユズミに求められた。

もし、言葉が魂を召喚することがあると信じられるなら、自分の中から、自分の意図と微妙にずれた形でゆるゆると漏れ出てくる言葉を、一行、二行と書きつらねていくよりほかない。それが意味に癒着し、何かに化けようとして意味の方へ引っ張られるのに耐え、悠々と無風の中で滞空しつづけるのを見届けて、こちらの手もとへ捕獲する。それで、ようやく自分の言葉になっていく。

そして、いつでも物語が始まる前にあらわれるのは一羽の鴉《からす》だ。

ちょっと、聞いてくれないか、
とっておきの楽しい話と、
忘れられない悲しい話があるんだ。

おれはそのむかし、鴉でもあった。
いや、おれはおれなんだぜ。もちろんな。
だが、鴉でもあった。
どういうことかわからないだろう。
おれにもな。だけど、おれのからだはわかってた。
ああ、おれというおとこは鴉でもあるのだと。

ぼくらが旅に出るのは、世界に強風が吹き荒れるときだ。
ぼくらはすぐに連絡をとりあう。「そのときがきたね」と。
そして、ぼくらはめいめいの楽器をたずさえて、いつものところに集まる。
いつものところというのは——これればかりは誰にも教えられない。
秘密の場所だ。ぼくらはそこで子供のころからたくさんの計画をしてきた。
「強風オーケストラ」もそのひとつだ。

それはごく短く小さな声でわたしに告げていた。「さよなら」と。機械そのものが、きわめて小さいので致し方なかったが、わたしは息をとめて耳を澄ました。そうしないと聞こえなかった。「さよなら」と一言のみのメッセージだが、声はたしかに彼のもので、どこかひび割れたような特徴的な声だった。機械のディスプレイには、「ハンナへ」とわたしの名がある。わたしはそのメッセージを受け取るために朝の四時に起きてここまで来た。電車と地下鉄を乗り継ぎ、バスに乗って、この「無人照会所」にたどり着いた。

電線に無数の鴉がとまっている。

「悲しい話があるんだ」と云って、
ドノソは、昨日、マツマリが死んだことを告げ、
それを聞いたハブカは、ひとしきり悲しんだあと、
「もっと悲しい話はないのかい」
とドノソに訊きました。

こういうことを、向こう側の人たちは何と云うのだろうと、トカゲ男は小さくため息をつきました。誰もいなくなってしまったこちら側で自分ひとりだけが生息し、レトルトのカレーを食べつづけ、手帳にその日あったことを書き留めて、一日が終わる。このむなしさを、向こう側の人たちは何と呼ぶのだろう。

その存在だけは知っていたが、それが世間において「タイム・スリップ・ルーム——時間のずれた部屋」と称されていることを彼は知らなかった。いずれかの星で彼の母親が逃げ惑った挙句、その部屋に紛れ込んだものと思われる。女は彼をその部屋で産んで自らは息絶えた。「スリッパー」と医師アーが診断を下した。彼とアーだけがいる診察室でアーは記録用の映像装置をシャットダウンし、「めずらしい身体異常です」そういう言い方をした。「あなたと世界にわずかなズレが生じ、いわば、版ズレのような状態になりかかっています」

「どういうことでしょう」

彼はそう訊くよりほかない。

「あなたは、何か、なかなか踏み切れないことがあって、向こう側へ行けないのではないですか。その魂のあらわれであると私は診断しました」

SLIPPER

その女が、「わたし、いま、男をころしてきたところなの」と云って部屋にころがりこんできたとき、オビタダは、これよりしばらく、自分の生活は、この女を匿ってつづいていくのだ、とただちに了解した。

彼はじぶんの心の奥に一個の神像があるのを知っていて、じぶんだけのその小さな神さまと永らく生きてきたから、そうですよね、と一言、胸のうちに確認するだけで事足りた。

古着屋で買った白いシャツを着ていこう。前世紀の遺物だ。決闘に臨んだときの返り血が、ほんのわずか、袖口にしみとなって残っている。古着屋のマドリカによれば、超高性能のランドリー・マシーン――その名をマーキュリーという――で洗浄したが、まったく落ちなかったとのこと。マーキュリーで落ちなかったのなら、次の世紀までこのままだろう。

邪悪なものとの遭遇が予期されるときは、このシャツを着ていく。以前もこのシャツのおかげで悪魔をやりこめた。おそらく、返り血を浴びた決闘において、このシャツの主は、この世にとって決定的な退治を成し遂げたに違いない。

そう信じる私の思いが悪魔を退かせるのだ。

「マーキュリーという名の洗濯機」

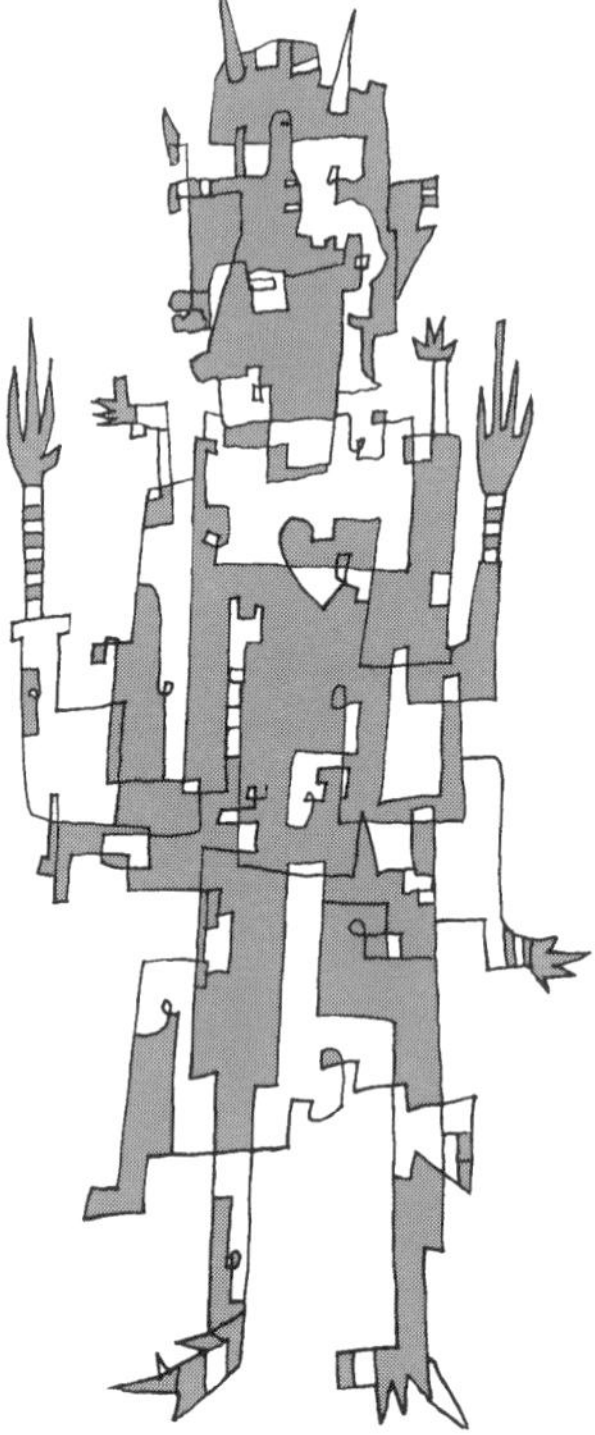

「デッド・エンド兄弟」

この世のいちばん終わり、終わりの中の終わりに彼らはいて、
その名を「デッド・エンド兄弟」という。

兄弟がひとつになると最強である。

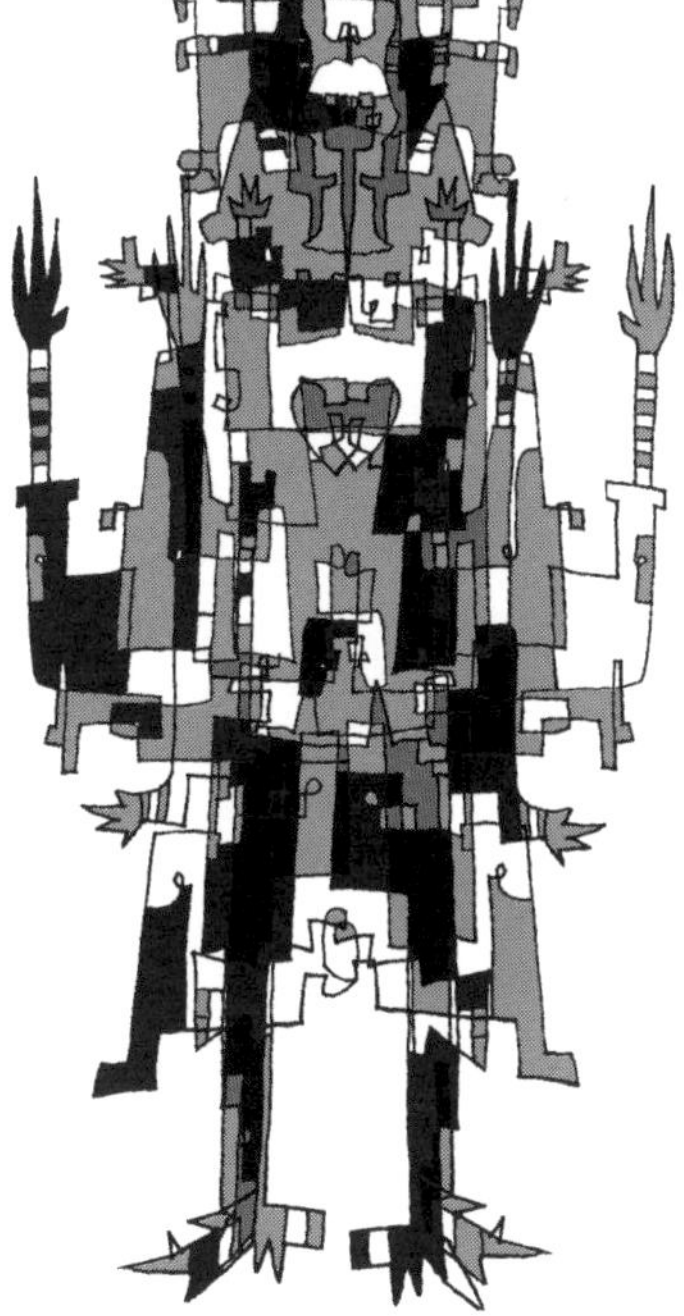

彼とは人工島にある高層都市のふもとで出会いました。
皆が、建ち並んだ高層ビルの上へ上へとおもむくのを見届け、
わたしと彼だけが、
そびえ立つ塔のようなビル群の谷底を徘徊していたのです。
翳っていました。まるで陽が当たりません。

彼の仕事は棺桶屋で、
とても美しい棺桶をつくりました。

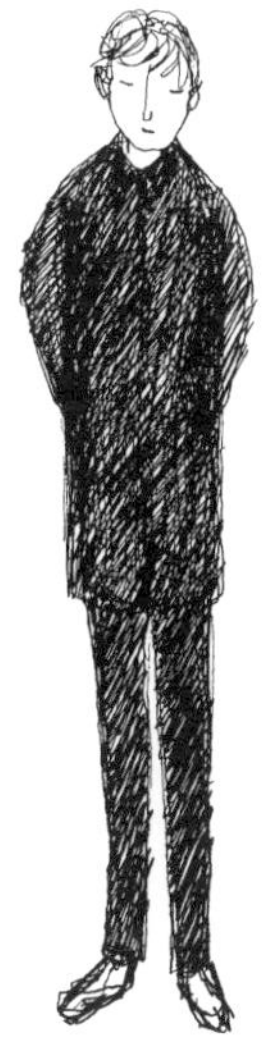

夕方が来る前に死蜂をスキャンした。
ベランダで死んでいた蜂を拾い上げ、紙にくるんで、スキャナーまで運び、
電源を入れて、光がまたたいて、死蜂は光を浴びた。その全身が光を浴びた。
もう生きていない、飛行と採集の時間を終えたやさしい体が、
頭から尻の先の毒針まですべてスキャンされる。
機械から排出される白い紙にその魂をうつしてのこした。

それはひどく質の悪い印刷のポストカードで、
微妙な版ズレを起こしていましたが、
そこに描かれている絵が彼の心をひいて捨てられなかったのです。
ほとんど、すべてのものを自分の身のまわりからなくしてしまったのに、
彼はその一枚の粗末なカードを、
ところどころ糸のほつれた上着の内ポケットにしまいこんでいました。

この話に登場する八人の男女は、すべて自転車泥棒である。
現在も泥棒でありつづける者もいれば、
かつて、若いときにただ一度だけ、
夜中に他人の自転車を乗り捨てた経験がある、という者もいる。
しかし、この街の市民に意識調査をするべくアンケートを実施し、
「あなたは自転車泥棒の経験がありますか」
と問うた場合、彼らはいささかの躊躇と戦ったのち、
きわめて控えめに、できれば、その答えを見逃してほしいと思いつつ、
Yes と書き込むだろう。

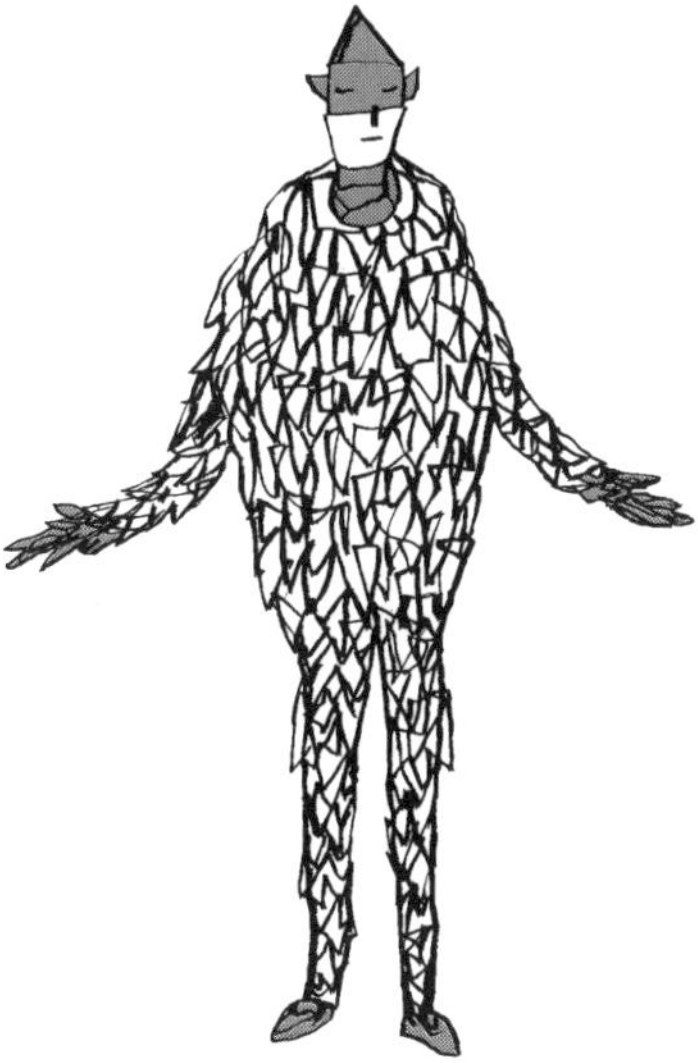

小雨が降り始めた。

これがあの小雨なのか、と心臓の鼓動が早くなる。

むかし、知り合いの女から聞いたのだ。聞かされた、と言った方がより正しい。同じ職場で働いていた歳上の女だった。髪に白いものがまばらに混じっていて、自分のことを「自分」と称した。

「自分の祖母はコブラだったので——」

いきなり、そんなことを言う女だった。

「コブラって？」

「歌を歌うときの名前。弦が二本しかない壊れたギターを抱えて、自分で作ったこってりしたブルースを、この世のものとは思えないしわがれた声で歌うの」

「へぇ」と生返事をした。そのころは、そうしたことにまったく興味がなかったのだ。職場での事務仕事が自分には合っていたし、まさか、六年後に映画の脚本を書くことになるとは思いもよらなかった。

残念なことに、彼女の祖母――コブラに関する話はそれきりで、それ以上のことは分からない。よく聞いておけばよかったと、酒を飲むたび思い出す。

しかし、もうひとつ、彼女の話でよく覚えているものがあって、それが小雨の話だった。

「自分の生まれた町には、ときどき小雨が降るんです」

「へぇ」

そのときもそんな反応だったと思う。昼休みの終わりの五分間くらいのことだ。右の耳で彼女の話を聞いて、左の耳でイヤホンから流れてくる音楽を聴いていた。とても静かな音楽だった。

「気が遠くなるような小雨で、窓ごしに見ていると、自分がそこからいなくなるような感覚になる」

そのとおりだった。いま、誰かがこの部屋を訪れても、そこに私の姿はないだろう。訪れた者は窓の外に降る小雨を眺め、そのうち、その者も消えていなくなる。

そんなふうに、小雨が降るたび、この町から誰かがいなくなっていく。

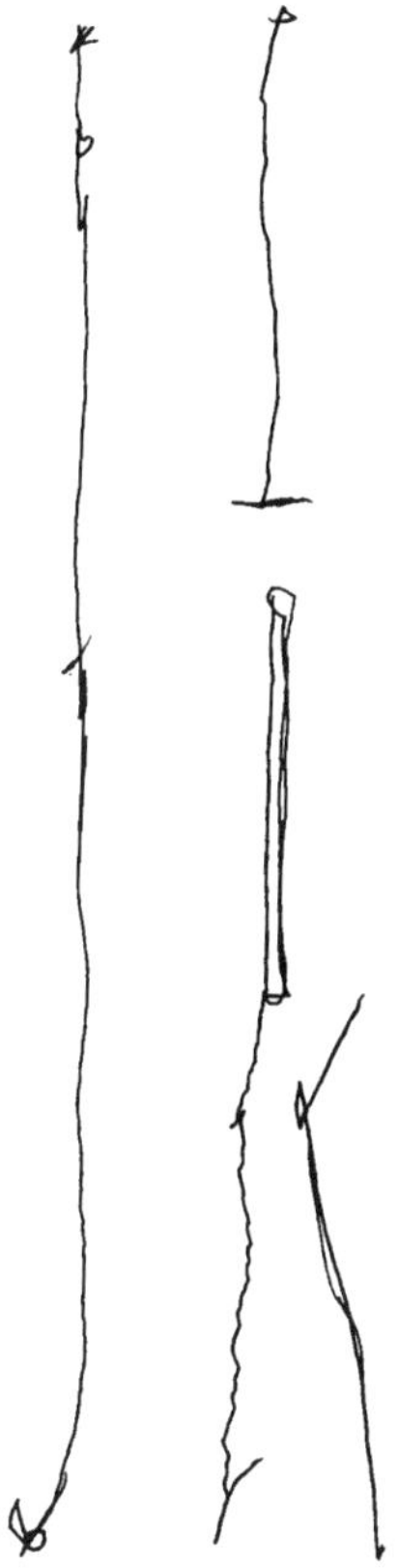

さる

島の女たちは皆よく唄を歌いました。肉を焼きながら男が帰るのを待ち、そのあいだも絶えず唄を歌い、男が家に帰ってきても、大きな肉のかたまりを分けあって食べ、男などそこにいないかのように、唄のつづきを口ずさみました。

舟を漕いで川を渡る男たちがいて、そのこと自体は、さしてめずらしいことではありません。しかしながら、彼らはそれぞれに独自な唄をもっていて、舟によって男によって唄が違っていると聞き、わたしは詳細を知りたくなりました。

そうです。

自分には真夜中にホルンを演奏した日々がありました。

その記憶が自分の一等いい思い出で、

ああ、そういうことが自分を生かしつづけてきたのだな、

そんなこと、考えたこともなかったけれど、結局そういうことだったんだな、

と九十二歳になったいま、ようやくそう思います。

これはしかし、世界の多くのひとたちにとって大事な話ではありません。

自分にとってのみ、忘れないようにしておきたい話であり、

どうして真夜中にホルンを奏でるようになったか、

できれば最期の瞬間まで忘れずにいたいのです。

12

誠実であるということは、ささいな物事をないがしろにしないということだ。これを、「こだわり」などと揶揄するのは野蛮なふるまいではあるまいか。

わたしはいつも静かな音楽をもとめてきた。矛盾しているかもしれない。音楽は静寂を乱すものだ。そう云う人もいる。しかし、はたしてそうなのか。

ある日、何もなかったところにバス停がつくられ、何もなく、誰もいなかったところに名前のついたバス停の「標識」が立つ。知らない男や女や子供や老人が、当たり前のようにその場所で乗り降りするようになる。

夜に銭湯へ出かけて、はだかになり、熱い湯につかり、はだかのままの時間がしばらくあって、湯から出る。服を着る。下駄箱の鍵をあけてサンダルを取り出し、夜風に吹かれながら家までの道を歩いて帰る。途中、白い花が咲いているのを見つけ、気分がよくなって小さな声で唄を歌う。銭湯へ行くというのは、このように奇妙なことだ。出かけていき、はだかになり、熱い湯につかり、体を洗い、また服を着て帰ってくる。奇妙なことだ。

何をしていいのか分からない冬の五日間。学生のころから知っている喫茶酒場でレモンを入れた温かい酒を飲む。白い表紙の本を一冊だけ持って行くが、結局、読まない。なめるように酒をちびちび飲み、人生のことを考えるふりして、ふと思いついた、つまらない疑問に自分で答えようとしている。

そのうち、春が来てしまえば、冬のあいだに考えたことなど忘れてしまうに違いない。店には音楽が流れている。学生のころから何度も聴いたレコードなのに、いろいろな音が聞こえてくる。きっと、一冊の本を書くためには適度なノイズを孕んだ静かな時間のつらなりが必要になる。小さな動物が冬を過ごしていくように。

そうだ。もし、人間以外の生きものや物質が人間には分からない言葉を持っているとしたら、その言葉をトランスレートする係、そういう仕事に就きたい。

肉体から抜かれて
机の上に置かれた魂がひとつ、
乾いてかたくなってそこにある。
その物質に、
さて、どんな名前をつけようか。

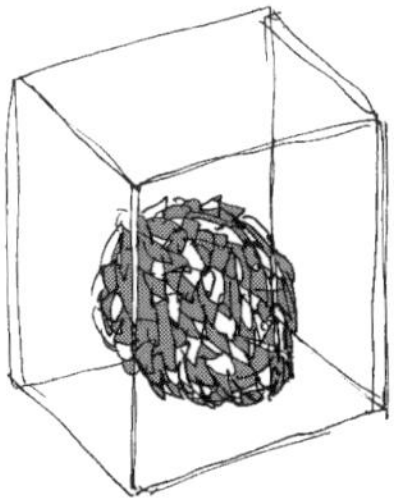

この世界のいちばん北の、ほとんど人がいないところで、狐の皮でつくった帽子をかぶった男のひとが、たったひとりで、誰が聴いているか、たぶん誰も聴いていないのではないかと思われるラジオ番組を、毎日、休みなく放送している。その事実を知った私は、おそらく誰も聴いていないと思われるその番組を受信するために北へ向かって旅に出た。

5
4.

夜の奥の誰からも忘れられた場所で、おとなしい怪物が泣いていました。どのように泣いてよいのかも分からず、何が悲しくて泣くのかも分からなくて、おとなしい怪物はただ背を丸めて泣くのです。

もう長いあいだ、彼は一人で楽器をつくっていました。風の音しか聞こえない森の奥で、この世にまだ存在してない楽器をつくっています。彼は言いました。ぼくのもとめる音楽のひとつは、感情をまっさらにしてくれるもの。なかなか、そのような音には出会えません。まっさらであるといっても、無機質なものでは駄目なのです。古代からずっと、そのようにして流れていたような音。ある音楽家が言いました。「どんな楽器もオルゴールのように鳴ればいいのに」と。目指すべきは、おそらくそのような楽器なのでしょう。

その場で思いついた音を音楽として奏でてもいいし、ただひとつの空気を震わせる音として響かせてもいい。そうした決まりごとさえ、本当のところは存在せず、四人の男たちは、おのおのの楽器を携えて音楽をつくっていました。一人は百六歳のピアニストで、男性ではありましたが、性を超越した風貌と声を備えていました。指を震わせながら、鍵盤を叩くのではなく、その震える指で何かをひとつひとつ押さえ込んでいくような、そうした弾き方でしか表現できない音楽を奏でました。あるいは、一度も着地することなく、ただただ青い空気が充たされた空間をたゆたいつづけるような音でした。

四人の音楽は録音がのこされていて、そのレコードには、
ものすごく荒《すさ》んだぼろぼろのレーベルが貼られています。

金曜日のラジオ

4

そうか、自分で本をつくってもいいんだ

吉田篤弘　text by Atsuhiro Yoshida

◉ときどき、子供の頃の自分と対話をする。それは何も夢見がちなことではなく、どちらかというと、自らを戒めるための儀式に近い。この話はきっとうまく話せないが、ようするに、子供のぼくは、ぼくの神さまなのである。他の誰よりもよく知っていて、自分がもっとも信じられる存在。子供の頃の自分はいつもひとりきりで、考えることが好きで、絵を描くのが好きで、お話を書くのが好きだった。ぼくは普段、「好き」という言葉をあまり使わない。いつでも自分の好きなものについて書いているのに――いや、だからこそ、「好き」と、そのひとことに託してしまうのが躊躇される。でも、ここでは好きなだけ「好き」と書いてしまおう。子供の頃の自分は、「好き」という言葉を他に何と云ってよいか分からなかったのだから。

●子供のときからお話のようなものを書いていた。小説とは云えない。どちらかというと、詩に近かった。しかし、詩でもない。いずれも短いもので、その短い「なんだかよく分からないもの」を小さなノートに書いていた。

●そのころは、いまのように小さなノートが手に入らなかった。それで、まずは大きなノートからページを切り離して横に半分に切った。そして、半分に切ったものを真ん中で縦に折ると、文庫本のページをひらいたくらいの四ページができあがる。この四ページを重ねてホチキスでとめ、五〇ページほどの小冊子に仕立てた。これが自前の「小さなノート」で、隅にノンブルも振って、一ページ目から順に書いていった。（本をつくっている）と、自分ではそう思っていた。だから最後のページまで書き終えると、切り離されて中身がなくなったノートの表紙を使い——つまり、かたい紙を利用して——小さなノートに表紙をつけた。タイトルもつけた。十歳だった。どうして、そんなものをつくり始めたのか、明確なきっかけがある。そのころ、たまたま買って読み始めた藤子不二雄の『まんが道』に、主人公の二人が手づくりの漫画本をつくる場面があった。その場面があまりに素晴らしく、何度も繰り返し読むうち、「そうか、自分で本をつくってもいいんだ」と、わが人生で最大の啓示を受けた。

●そして、この「そうか」の驚きが、いまなおつづいている。「本を書く」「本をつくる」という自分の仕事はそこから始まっていて、仕事から離れても、ときどき、子供の頃のように「小さなノート」をつくっている。

●「どうしてつくるの？」と子供の自分は、いまの自分に訊いてくる。「もう、そんなものをつくらなくても、本物の本を書いてつくっているんだから、小さなノートは必要ないでしょう」「いや、頭の中にあらわれたものを、頭の外に出したいから」と、いまの自分は答える。「スマートフォンのメモに打ち込めばいいじゃない。みんな、そうしてるよ」と子供の自分が云う。「スマートフォンやパソコンは、頭の中の別館みたいなもので、そこは頭の外ではないように思う」と、いまの自分は答える。

●頭の外へ出ていくときに、はじめて言葉になるのである。それも、話し言葉ではなく、自分の手で書いた「文字」に変換されていく。その瞬間こそが魔法のようで、自分の手の先から言葉が生まれ出る感覚を得られる。頭の中におさまっていたときと、まるで違う言葉に化けていくときもしばしばあり、どうやら外に出るときに生まれ変わるらしい。その瞬間に、驚きと快さがある。なにしろ、頭の中で混沌としていたものが、紙に記されて物質化するのだ。それはもう自分に含まれていない。そのうえ、本に仕立てることで、より物質として立ち上がらせると、頭の中にあった不分明なものが、手で触れて、「これ」と呼べるものになる。オブジェになる。おもちゃになる。ひとつの存在になる。

●頭の中や、頭の中を模した機械の中にあるとき、それはまだ自分に含まれていて、それ以上でもそれ以下でもない。でも、外へ出て、それが自分と対峙しうる物質になったとき、言葉はそこからさらに何かになっていこうとする。ときに、こちらの思惑をこえて、長いあいだ探していたところへ導いてくれる。それが、「書く」ということなのだと、このごろ、そう思う。

●この『ぐっどいぢにんぐ』という本は、これまでひそかにつくってきた「小さなノート」に、きわめて近い。

●『ぐっどいぢにんぐ』というタイトルを冠したノートも存在し、二〇〇四年につくられている。そのときぼくは、四冊目にあたる小説を準備していて、断片的に浮かんできた言葉や文章を、そのノートに書きとめていた。トータルでは四冊目だが、同じ版元から出す本としては二冊目で、一冊目は『つむじ風食堂の夜』という「夜」の物語であり、ノートに書きとめられた断片は「夜」になる手前に位置していたので、夜の始まりに交わされる挨拶として、『ぐっどいぢにんぐ』とノートの表紙にそう記した。

●そういうわけで、まだ完成していない文章の断片とそのノートは、「ぐっどいぢにんぐ」と表書きされた箱にしまわれるようになった。

●しかし、それをこうして一冊の本にまとめて世に問いたくなったのは、これらの言葉のつらなりを、「未完成」とみなしてしまうのは正しくない、と思うようになったからだ。

●作者である自分が、こうした小文から、これにつづく展開を見つけ出してきたように、読者の皆さんが、これらを読んだことで、ここにはまだ書かれていない物語や人物やその場の空気のようなものを、頭の中につくり出してくれるのではないかと期待している。

●そもそも、「どうして、わざわざ小さなノートをつくったの?」と、子供の自分に訊いてみたい。彼はいったい何と答えるだろう。

この記憶の持ち主に私は会いたかったわけです。一月の寒いメモリーバンク・シアターで私はその記憶を見つけました。アーカイヴ・ボックスの「78」番。それは父が書いた小説のタイトルでもあり、私にとって、非常に意味のある数字でした。その記憶を持っていた者は、かつて鴉でもあった男で、鴉であったときの記憶がとりわけ興味深いのです。

わたしの四人の叔母は、四人とも大きくてきれいな耳をもっています。

「もうひとつ意味が判らなかったけれど、もういちど観れば判るのかしら」「それがきっと手なのよ」「ああ、何度でも観てしまうのね」「もしかして、明日も観るかも」「だって、あの腹話術師の男が——」「そう。あのひとが座長なのよね?」「ものすごく怪しかったけれど」「怪しくて何を云ってるのか判らなかったけれど」「どうしてだか、忘れられない」「夢に見そう」「きっと見るでしょうね」「芝居を観た人はみんな見る」「今夜、みんなの夢の中にあの男がやってくる」

「年を取ったジョージを呼び集めること」

私が引いたカードにはそう書いてあった。

そんなことが可能なのかい、と最初は笑っていたが、参加者の多くは大真面目で臨んでいたし、笑っている者など一人もいなかった。ためしに彼らの引いたカードを見せてもらうと、いずれも困難な題目ばかりだ。

「ママのママを四人見つけること」

「死んだ犬たちに彼らの願いをきいてまわること」

「まだ書いていない本をあつめて書店をひらくこと」

そうした題目にくらべれば、私に与えられた任務は大したことではない。ジョージという名の男はこの世に何人もいるし、年を取った男など、探すまでもなく、そのあたりに数多く見つかる。

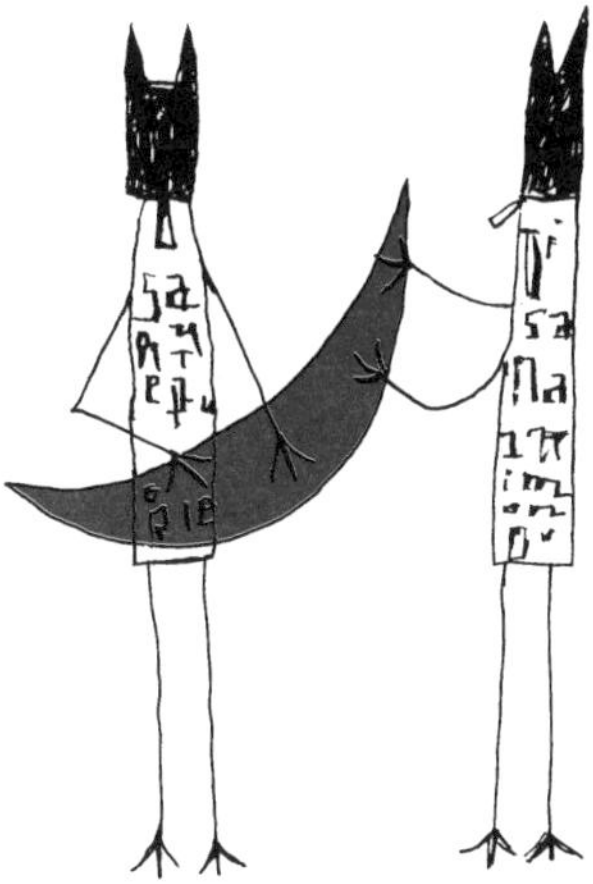

南へ行きましょうか、と彼女は言った。彼女はつい先週まで気象予報士の仕事をしていたが、「急にいやになったの」と辞めてしまったのだ。

「なにか、思いもよらないことをしてみたくて」

それで南へ行くのだという。

「でも、僕は眠り男だから」と、いったんは断ったのだが、

「眠り男にとって、南がどんなものか興味はないの？」

彼女は執拗だった。彼女が執拗なときは、なんらかの意味がある。以前も、「ねぇ、明日はすごい雨になる」と執拗に電話をかけてきたことがあった。そんな予報は誰もしていなかったし、彼女も自分が出演している番組では、「明日は晴れでしょう」と予報していた。

「でも、予報は晴れだけど、予想は大雨なの。それも、誰ひとり経験したことのない、打たれたら死ぬかもしれないような雨になる」

「へんなもの」がまとわりついてきて、けれど、ぼくはそれがいやではない。
自分の言葉に、ぼくの知らない、何かわからない形をもったものがついてくる。
「へんなもの」は、ぼくの言葉とそうしてひとつになる。

本当のことを教えてあげよう。
ぼくたちは皆いつか森の奥の小さな家に帰る。
家の中には小さな部屋がひとつあり、小さな本棚がひとつきりある。
ぼくは若いときからたくさんの本を読んで、買いあつめて、
そうした中から、森の家の本棚にならべる本をえらぶために生きてきた。
これまでの人生はそのためにあったのだといつからか知っている。
いつかそこで、その本棚にえらばれた本を読む。
ゆっくり流れる時間そのものを読むようにページをめくっていく。
他にどんな人生の終わりがあるというのだ。
それ以上のものをぼくは知らない。

ぼくらはそこで待っていた。
出会った。知り合った。別れた。泣いた。笑った。はげましあった。
猫の話をした。冷めたハンバーガーの残りを食べ、時計ばかり見ていた。
時刻表を見ていた。気分が悪くなって目を閉じていた。

待合室というのは、そういうところです。

本棚からぬきとって、わずかな時間ひらかれるページ、寝床で寒さから両手をまもりながら読む真冬の読書。そんなときに、他人の長い夢につきあう余裕はない。ごく短い言葉だけが記されたページのつらなり。そういうものがほしい。布団の中で、手の中であたためられる幸福な言葉よ。

そこだけ輝いているような文字。それだけを抽出することはできないものか。この冬のあいだだけでよい。春になったら布団から這い出し、みっしりと文字の詰まった長い長い物語を——この世界にそっくりな重たい本を開くのだから。

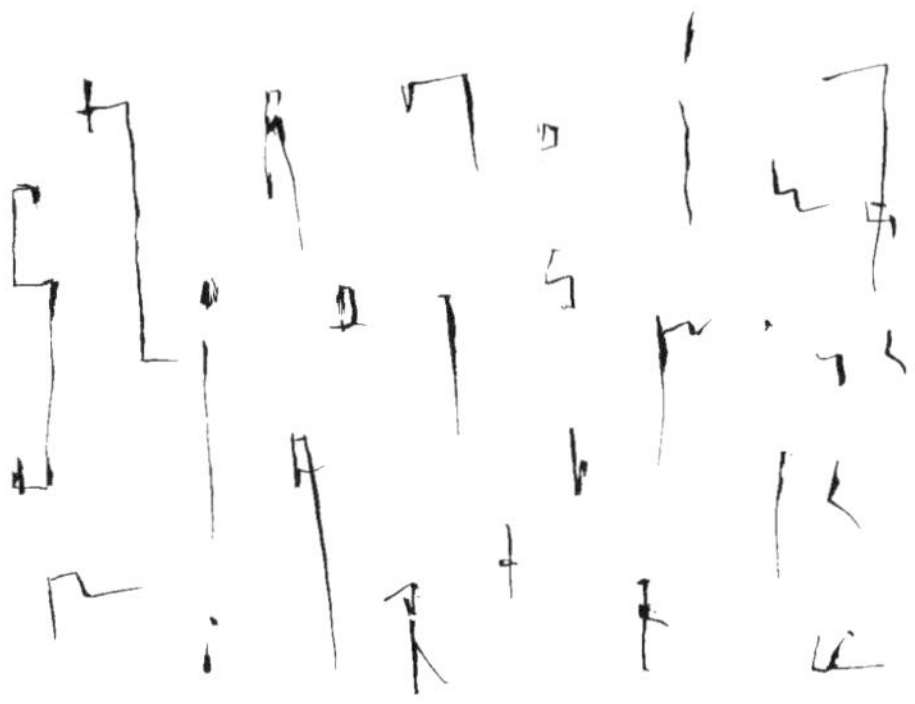

イヤリング・ラジオは
あなたの耳元で鳴る極小のラジオです。
その筐体《きょうたい》自体がひとつの放送局であり、
あなたの友人であり、
ときには、あなた自身の声を発します。

ここに自分が生きているということは、
数えきれないほどたくさんの小さく生きているものが集まって
形を成しているということなのだと思う。
ここで自分が考えているということは、
数えきれないほどたくさんの小さな生きているものが、
考えつづけているということなのだと思う。

みんな、笑ってる。
僕は君の笑顔が好きです。
というか、僕はみんなの笑顔が好きなんだと思う。
「みんな」というのは、みんなのことだけど、
たとえば、鳥たちは笑わないのか、と思う。犬や猫はどうなんだろう。
笑っているよね？　笑いたいときがあるよね？
じゃあ、鉛筆はどうか。もちろん、鉛筆だって、笑いたいですよ。
楽しく過ごしたいですよ。

疲れたからだをほどくために、
ぼくはまたあのひとが待っている
コーヒー・スタンドに出かけていく。
そのひとはいつも犬を連れてコーヒーをのんでいる。
犬は昼寝中で、
そのひとは、ぼくの知らない言葉で書かれた
薄手の本をよんでいる。

ミシンを踏んで、世界の果てまで行こう。

「ミシンを踏んで、世界の果てまで」

ミシンを踏んで、
世界の果てまで行こうって、
小さな女の子の
ビートルズが歌ってる。

私が探偵であることは、君だけに教えた秘密です。

「ムーンドッグ・セレナーデ」

遠くまで行ってしまったショッピング・カート
長いあいだお世話になった自動販売機
コートから外れ落ちたボタン
冬の印刷機
ガスマスク販売員の郷愁

以上が、私が解決した事件です。

「ムーンドッグ・セレナーデ」

てのひらを開くと、誰でも星のかたちになるでしょう。その星のおもてに込み入った都市の込み入った地図に似た手相が刻まれています。私は女の占い師に自分の未来を聞かされて、手相が未来に向かう地図だと知ったわけです。

彗星型のユニットバスで私は湯につかります。未来はどちらの方角にあるのかと女の占い師に訊くと、「北ですね」と彼女は即答しました。

隕石がぼろぼろと散らばるところで、私は君に会いました。足の裏にあたる隕石のごつごつした感じを記憶しています。

昔の風景が撮れるカメラというのを私は浅草で買ったのです。本当ですか、とカメラ屋の店主に訊くと、撮ってごらんなさい、とふくみ笑いをしました。

信じられないです、と君は言うでしょうが、一冊の詩集を手に入れることが冒険になる、そのような時代があったのです。詩集と呼ばれるものが、あらゆる書店の棚から消え、法律の名のもとに「詩集狩り」がなされました。

そういえば、死んだピアノについて、まだ話していませんでした。誰もいなくなった街の路地の突き当たり、表札が盗まれて、もう誰の家であったかわからない家の、いちばん奥の部屋に一台のピアノがありました。埃をかぶって、白い鍵盤は白くなく、黒い鍵盤は埃で白く、下のドから上のドまで、すべての鍵盤が波打って、もう音は出ません。しかし、そのピアノが何十年も前にこの場所で鳴らした音はそのあたりに消えのこっていて、そこに、しかるべき耳を持った者が立てば、音はその耳に吸い込まれて、きっとよみがえります。

それで私は、弟とそこへおもむいたのです。弟は小さな酒場の隅でピアノを弾くのが仕事でした。耳が遠いのですが、いい唄を歌います。

彼は三日月ののぼる夜に城へ出向き、青い制服を着た「ひとつ前の男」と交代しました。そういうならわしなのです。月の満ち欠けによって、順繰りに門番は交代していきます。かれこれ二百年ものあいだそうしてきました。彼の父もそのまた父もそのまた父も、皆、門番だったのです。

古本屋があったのは幸いでしたが、売られている本がどれもつまらなくて、仕方なくパルプ雑誌の端本を五十円で買いました。いやな臭いのする紙にいやな色のインクで刷られた紙の束です。それでも、そこに刷られている物語はたまに面白いものがあり、「火星が接近した夜」というかなり非科学的な小説が掲載されていて、「科学小説」と角書きにありました。

機械がぼくの父でした。いいお父さんですよ。よけいなことや間違ったことを言わないし、つまらない冗談も言いません。ましてや、競輪でお金をなくすようなこともありませんでした。とても、いいお父さんでした。

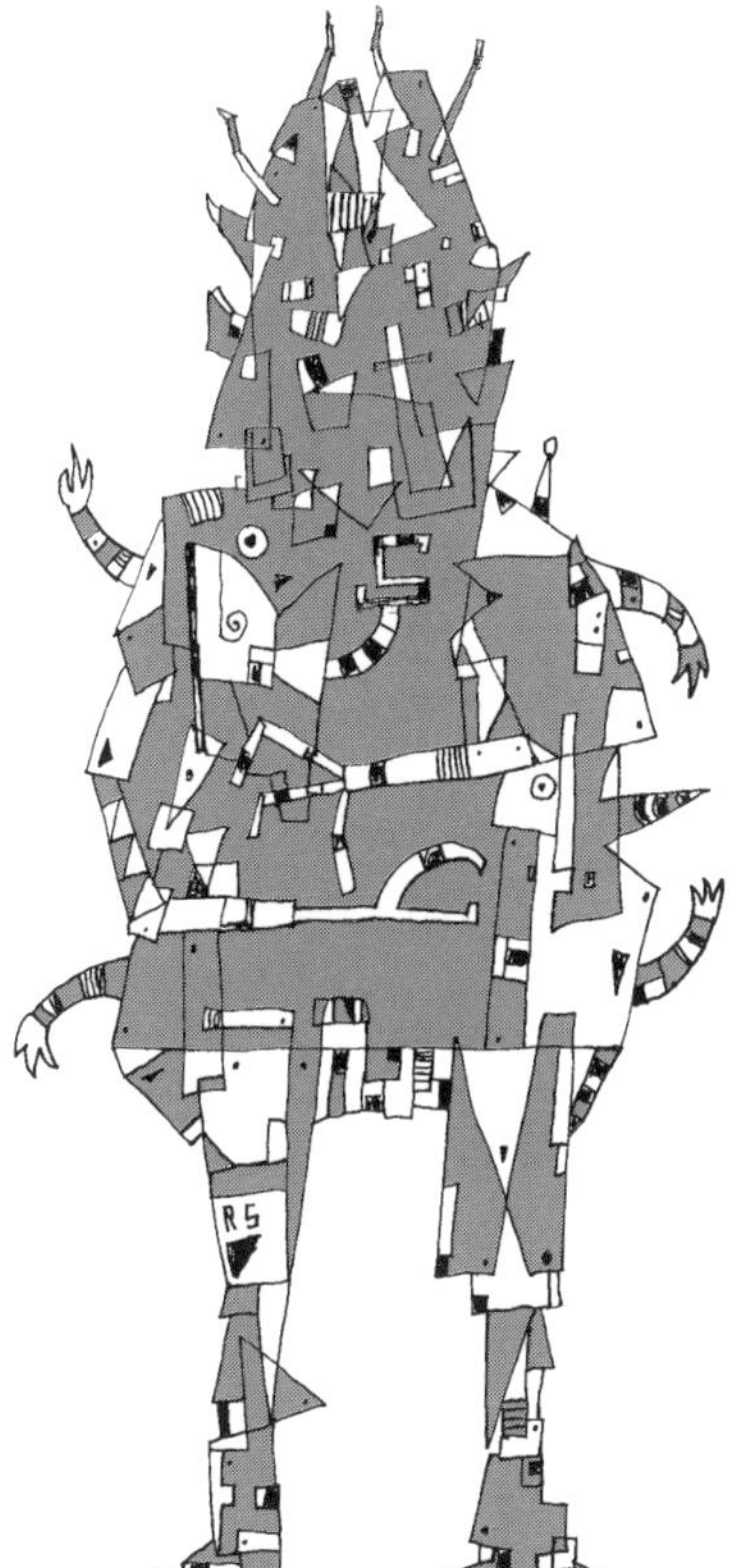
RS

この世界の一等うえの方に、まだずいぶんと若い神様がいた。名を震天《しんてん》という。
震天の父は立派な神様で、今は天の上のさらなる天の上で神様をしておられる。

ある日、詩がひとつ遠いところから送られてくる。
ぼくがぼくに書き送った詩だ。
ぼくの方は特急列車にのって、こちらへ帰ってきたが、
向こうにいたぼくがポストに投函した詩は、
あたりまえの真っ当な時間を経て、
ぼくの住むアパートの郵便受けにストンと届いた。
何日か前の自分の考えや言葉や思いが数行の詩になり、
少しばかりの時間差を示して、ようやく到着した。

「誤植箱」とその活版職人は言った。

ああ、そういうものがあるんですね、とこちらの興味が立ち上がるよりも早く、実際にその物が眼前にあらわれ、「ほら、これが」と足もとから、なかなかに大きな箱を持ちあげて見せた。中に、さて、どのくらいだろう、いい加減な算出であるけれど、ざっと勘定して7770個の活字が放り込まれている。これが「誤植箱」というものだ。あるひとつの印刷物を仕上げるために活版職人のひとりである五郎（仮名）が、誰かの書いた手書きの物語を片手に、その紙面につづられた文字を追いながら、巨大な森のような活字棚のなかから、書かれている文字をひとつ、またひとつとひろっていく。けれども五郎とて人間なのであるから、途中で珈琲のいっぱいも飲みたくなるだろう。そういうとき、五郎ほどの熟練工であっても、間違いを起こす。すなわち、正しくない活字をひろってしまう。手にした原稿に書かれていない文字を、ついひろってしまうのだ。それでは駄目なのです。いや、本当は駄目な文字なんてひとつもないのだけれど、このひとつの書物をつくる工程においては「いけません」ということになって、間違えてひろってしまった文字はすみやかに「誤植箱」に投げ入れられる。これが「誤植箱」です。わかったかい、イルクーツク。もうおやすみ。さすれば、君の夢のなかに誤字がいくつもあらわれて、君の夢を、間違った文字を使って文章にかえてくれる。えらいものだな。ぼくは活字ってやつは大した奴だとおもってる。もう一度言うけど、まちがった奴なんていないんだよ。みんないい奴さ。

でも、誤字というものは存在する。本をつくるときには、つきものだ。本当はいい奴なのに、ぼくらの注意不足で「まちがった奴」になってしまう。それでは奴が可哀想だろう。いや、答えなくていい。かわいそうなのだ。それが答えだ。だから、ぼくらは誤字をひろう。誤植を正す。ひろった誤字は7770個。すみやかに誤植箱に投げ入れられ、昭和十六年から使いつづけているという古い古い飴色の箱に眠るのだ。

しかし、イルクーツク、君がそうして甘い眠りに誘われていくように、誤字とて、その飴色の箱の中で夢を見る。これからぼくが書くのは、かれらの夢だ。いや、これから僕がひろって組んでいくのは、誤字とみなされた文字を使って、ひとつの物語を編んでみるという、またとない努力の軌跡だ。7770文字。すべてきれいに使ってみせる。言葉として、文脈として、理に適わなかったり、意味をなさなかったり、まったくのデタラメであったりするかもしれない。しかし、イルクーツク。眠くて仕方がない、わが愛犬。ブルドッグの君。遠いところからやってきたイルクーツクよ。ぼくは、この不器用な言葉のつらなりを愛す。「君は不要だ」と無残に箱に投げ入れられた彼や彼女らを。

こうして花の名前をしらべて一日が終わるのだ。

そして、いままさに、こちらへあらわれようとしているなにものか。

最初に冬眠をしないかと言ってきたのが誰であったか覚えていない。ぼくはこのところ記憶が曖昧だ。おそらくそのように人間が進化しているのだろう。おかしな話だ。人間なんてものは、とっくに完成されて、これ以上、良くも悪くもならないのだろうと思っていた。けれども、そうでもないみたいだ。なんであれ、ぼくは冬眠者になることを選んだ。じつを言うと、こうしたシステムが考案される前から、ぼくは人間という動物には冬眠が必要なんじゃないかと思っていた。というか、人間は動きすぎる。働きすぎる。考えすぎる。そうじゃなくて、もっと完全なオフな状態を本能的に生理的に――よくわからないけれど、おそらくは生物学的に確保するべきなのだ。そう思う。これは直感に近い。

冬眠者

とうみんしゃ

「モンクの眼鏡をかけた猫と稲妻の傷がある女」

セロニアス・モンクの眼鏡をかけた猫が
夜の屋根の上をゆく

体のどこかに稲妻の形の傷がある女と
出会うために

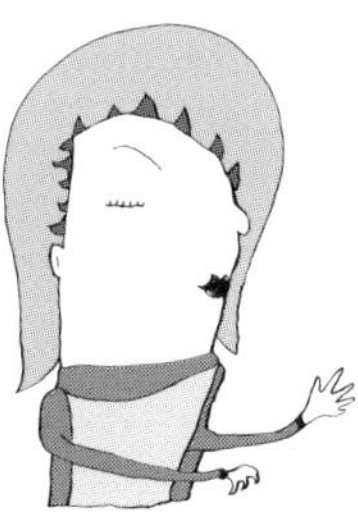

眠くてさみしくて、お腹がすいた。
ふとんにもぐりこんで、くぐもった世界の音をきいて、
こころは昔の時間に逃げこんでいる。
ドーナツを食べて、トランプ遊びをして、
窓のむこうの怪物を最初からいないものみたいに、
その名前を忘れようとしている。
それでうまくいけばいいね。なにもお利口に生きなくていいんだ。
わたしの神様の目をぬすんで、
少しばかりドーナツを食べる時間をたのしんでもいい。

「わたしの神様」

自分がこれまで考えてきたことを、すべて吸い込んでしまった一枚の絵。

その他の十二枚の絵の表題

1　らっぱズボンの男
2　バーズ
3　靴を磨いた日
4　小舟に乗って
5　ホチキスの肖像
6　コーヒーで描いた絵
7　ソプラノの怪物
8　道化の掌
9　バースデイ・ケーキ
10　もうひとつの金の鍵
11　タイトロープ
12　消灯

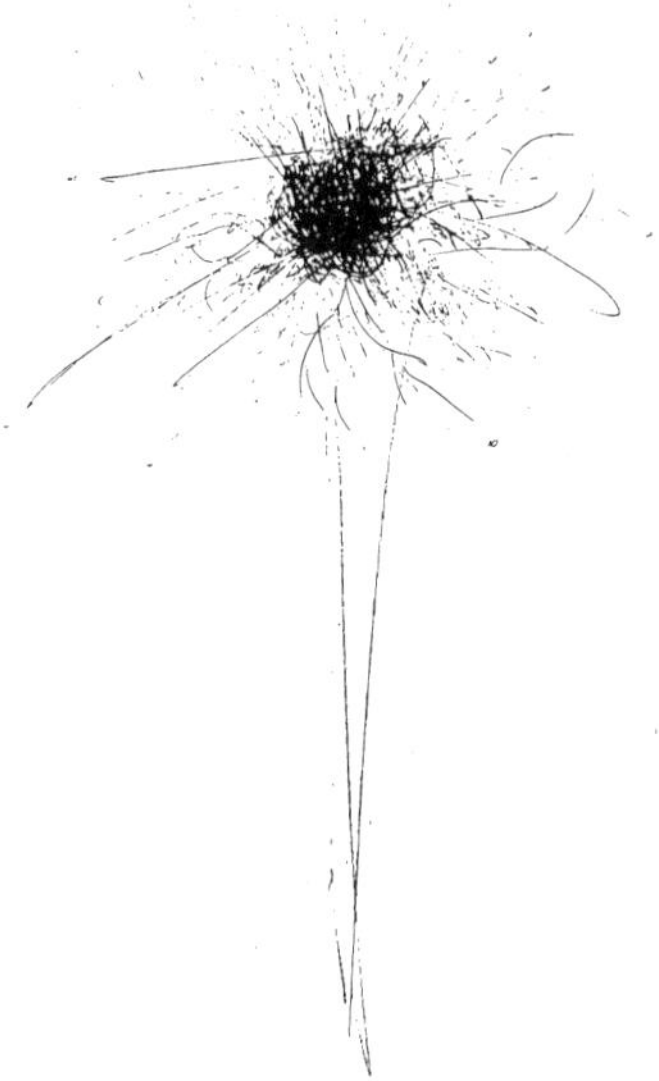

少しのあいだ空に浮かぶ時間

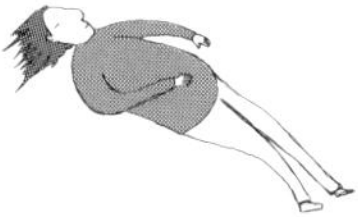

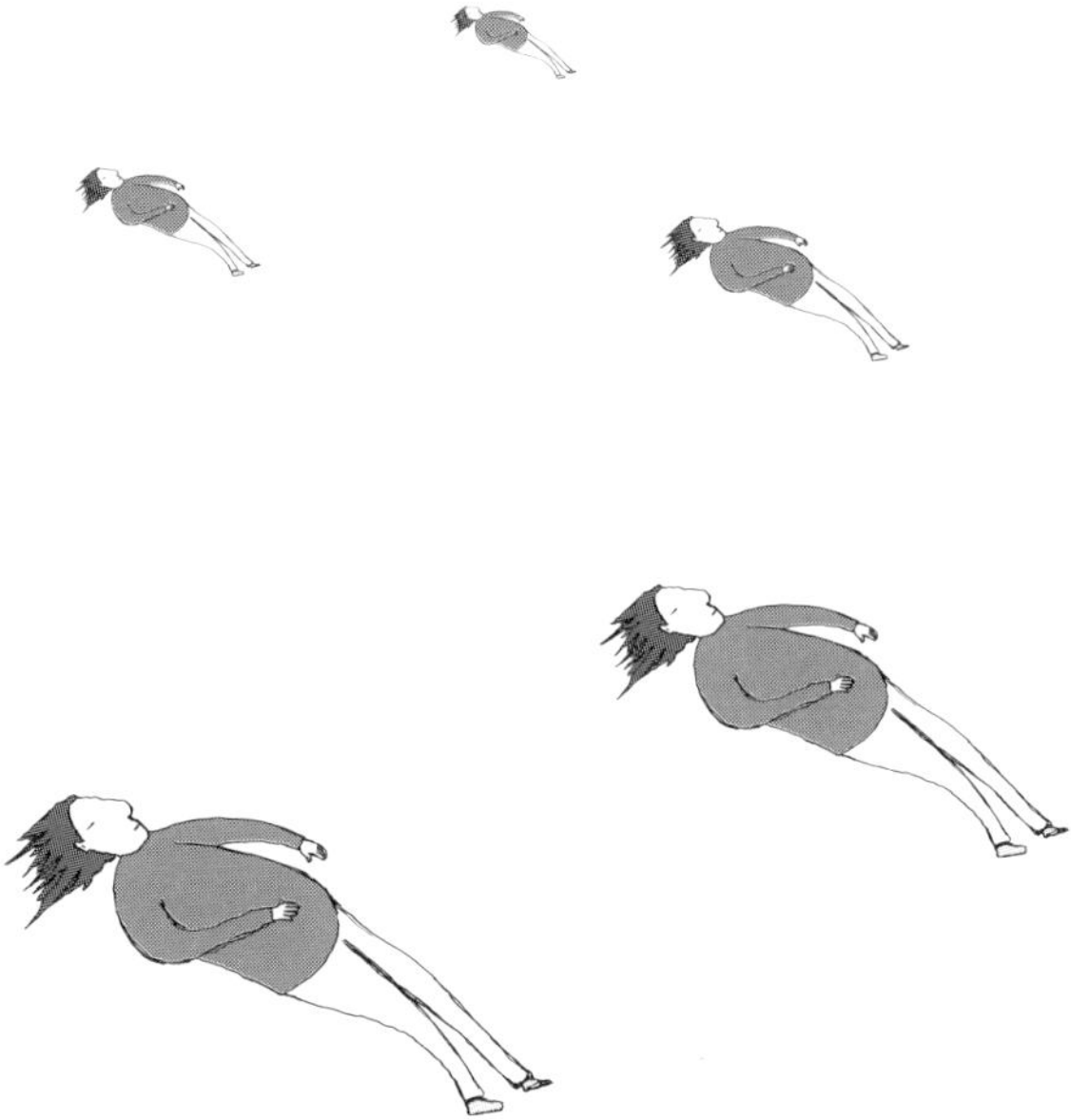

もう少し浮かんでいよう。

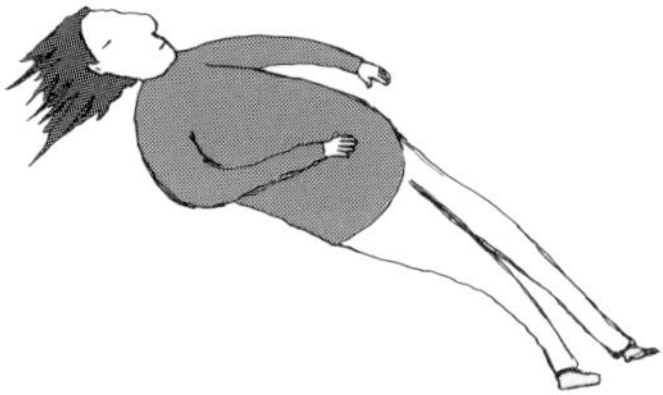

とある無名の哲学者。

彼は生涯にわたって、ひとつの長い手紙を書きつづけた。

彼はそれを、ただ「書簡」と呼び、それ以外の名で呼ぶことはなかった。

彼はその文章を、まさしく誰かに宛てた手紙として書いたが、

それが誰に向けて書かれたものなのか、いまだ明らかになっていない。

夢中になって何かに没頭する。たとえば、ノートに何かを書きつづける。
それをあとになって自ら発見したとき、
書かれた言葉の意味や意図が、皆目、分からないときがある。
その意味の分からない言葉は、
たとえば、遠出をしたときにズボンの裾にたまたま絡みついた
草の切れはしのようなものだ。
それは、自分に属するものでありながら、自分の知らない何ものかである。

「記念写真年代記」

何かにつけて、
「さぁ、記念写真を撮ろう」と声をかけてくる記念写真マニアの友人。
彼と過ごした八年間の記録。

もともと、それはチョコレートボンボンが一列に入れられた小さな横長の箱でした。そのチョコレートをすべて食べ尽くしてしまうと、彼女はそこへ何本かの色鉛筆をしまい込んで旅に出ました。空き箱というのは、そういうものです。

彼と私のあいだには小さなテーブルがあり、そこには、さまざまな破片が散らばっていました。何の破片であるか、私には分かりません。しかし、彼はあるときからずっと、そんな破片ばかりを集めていました。

午後。「雨の日の本屋」という名の本屋に出かけていく。今日は、雨が降っていないのだけれど、その店に行くと、いつでも雨が降っているような気がする。そして、どういうわけか、雨の日にはいい本が見つかるものだ。

そのあと、突然、雨が降り出す。傘は持っていない。はたして、軒先をつたって、雨に濡れることなく目的地まで行けるだろうか。その道程を描く。

これは短い――あるいは、とても長い――サイレント映画としてきっと面白い。長い長い雨宿りと軒先の人々の物語。

「ざわついたこの世界に、
いっときの静寂をあたえること。
それが芸術というものです」

扉のプレートには、「1021」という番号が記されている。受付で「1021にどうぞ」と、ひどく粗末な院内の地図を渡された。大きな中庭を擁した病院だが、迷路のように入り組んでいて、迷うたび、中庭に出てしまう。

どうにか「1021」にたどり着くと、見事な卵型の頭をもった医者が私を待っていた。もし、私が『世界大百科事典』の編集委員であったら、「卵型の頭」の項目は、この医者のポートレートを掲載するだろう。

「さぁ、どうぞ、そこへ座って」

医者は白衣の下に空色のシャツを着ていた。襟のタグには訳の分からないフランス人の名前が入っているはずだ。ピエールとかジャン・ポールとか。しっかりアイロンがかかっている。彼自身がかけているに違いない。

「さっそくですが、矢はやはり飛んできますか」

彼は口からハッカの香りをふりまき、机の上に書類をひろげて、銀色のボールペンを、これ以上ないというくらい滑らかに走らせていた。

「そうですね――やはり飛んできます」

「まっすぐにですか」

「ええ、まっすぐに――とてもゆっくり」

「何色でしょうか」

「色はありません。完全な透明です」

「完全に透明な矢が、なぜ、あなたには見えるのでしょう」

さて。さすがは卵型の頭の医者だ。いい質問である。

「それは分からないんですが、はっきり感じとれます」

「で、そのあと矢はどうなりますか」

「まっすぐこちらに飛んできて、私を貫いていきます」

「なるほど」

「どういうことなんでしょう？」

「いや、典型的な〈放心〉でしょう。あたらしい病気なんです。不意に、どういうこともなく心を開いてしまうんです」

心を閉ざしてしまう病気は聞いたことがあるが、開くのもまた病気なのか。

「治りますか」

「無論、治ります。ただ、治ったあとに、少しばかり奇妙な思いに捉われます」

「というと？」

「懐かしむんです。その、透明な矢があなたを貫いていく感覚を。これが〈放心〉の著しい特徴です」

僕らは本を読むためにファクトリーに集まる。地図を携えて、岩の家を目指し、電信柱を数えながら旅をつづける。金色頭の男。バンク勤めのきれいな横分け。中庭の地下にデータが隠されている。砂利道の先には給水塔がそびえ、吸血鬼が住んでいる赤い家がある。ブリキでつくられた青年。緑の扉をあけて胡桃を探し、水色の引き出しの中に耳掃除の道具を見つける。謎のメガネの夫婦の影。線路をわたって向こう側へ抜け出れば、薬草の生えた丘が一面にひろがっている。

自分が読む本はすべて夜に属している。
したがって、本棚は夜の中に置かれ、
夜にならなければ、真の本棚にはならず、
そこに並べられた本もまた、
夜にならなければ、本物の本にならない。

夢のおわりに、見たことのない自分が書いた本のページをめくっている。
そのタイトルを頭の中で何度も反芻しながら目が覚める。
しかし、なにひとつ思い出せない。
これこそ自分が書きたかった本である、という手応えだけが残っている。

足もとに散らばった黒ダイヤを手探りでかき集め、額をおさえながら、泥棒が逃げていった方角を探る。

すると、少し離れた路上に黒いひと粒が暗く光り、這うように近づいて拾い上げると、そのまた先にもうひと粒ころがっていた。まるで泥棒は僕が道を見失わないよう、「しるし」を置いていったかのようだ。

それがまたとない黒ダイヤであり、自分はその価値を知る数少ない者であったから、あまり考えもせず、月の光を頼りに、見知らぬ夜中の路上をたどり始めた。暗い路上にひと粒の黒ダイヤが次々と浮かび上がり、なぜ、猫の目でもないのに見分けられるかと云えば、黒ダイヤこそが、夜の路上で何よりも深く黒かったからだ。

その黒さに比べれば、夜をかたちづくるすべてのものは、まだずいぶんと青い。黒ダイヤがそこにひと粒あるだけで、夜はいくつもの青い色に塗り替えられていく。

僕という人間もまた。

この夜のひとつの青いかけらでしかない。

青い服を着て、青い顔をして、青い前髪から覗く額の痛みが、夜から切り離されたように熱を帯びる。

一体、いくつ拾ったのか。

青いズボンと青い上着のすべてのポケットから黒ダイヤがはみ出し、もうそれ以上、拾えなくなったところで、ゆるい坂にさしかかった。

そこで路上の黒ダイヤも途絶え、青と黒がまだらになった前方の景色に、赤い小さなランプが瞬いていた。

ある日、自分の部屋の壁に――壁の下の方、コンセントなんかが付いているあのあたりに、きわめて小さな階段があるのを発見する。どうして、いままで気づかなかったのか。小さな階段はうねりながら上へのびていて、その先に何かとても麗しい世界があるのではないかと思われる。それで、わたしはこのところ、「縮小した自分の分身」をつくる術を昔の本から学んでいる。昔の人たちは、こうした事態に際して、わりと簡単に自らを縮小できたと書いてあるのだ。

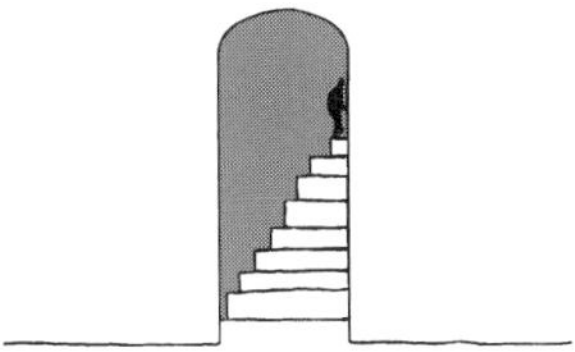

ちょうど7インチレコードと同じ大きさの月が空にあり、
手もとのポータブル・レコード・プレイヤーには、
ストロベリー救世主オーケストラの「黒ダイヤの目の男」がのっている。
さぁ、針を落として音楽を鳴らそう。7インチは君に語りかける。
「なぜ、僕は黒ダイヤの目になったのか」
男は月の光を浴びて、切々と歌うのだ。君のすぐ目の前で。

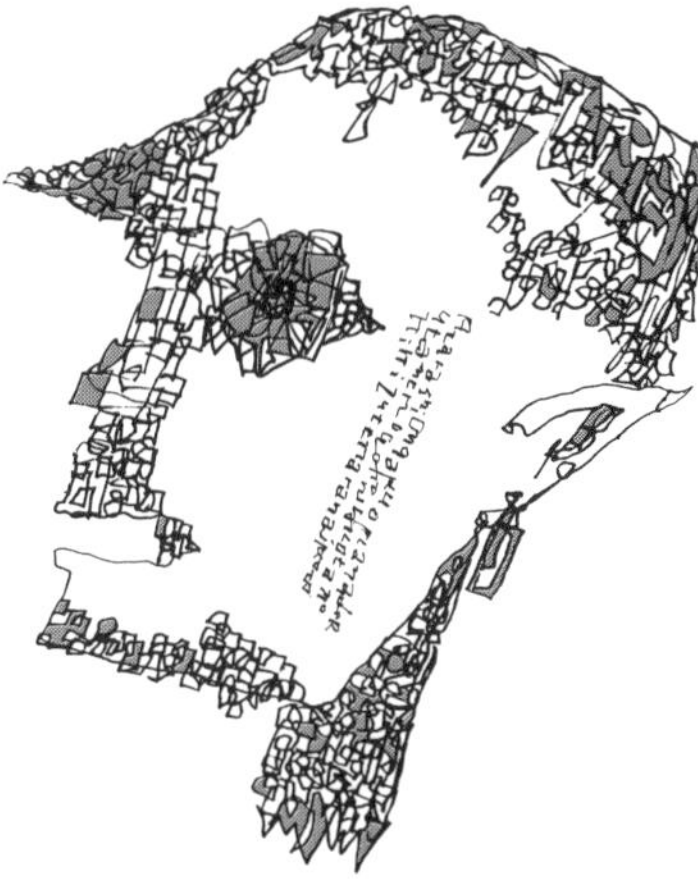

生き生きと奏でられたものには、自分の痕跡がない。
そこに、わたしの関与がないから、
音楽はそれ自体の力で生き生きとするのだ。

酔っぱらい少女エバクルートの夢の瞬間

彼女の夢にあらわれる
さみしい天使

午後に時間ができた。風とおしのよい部屋で過ごそう。以前より計画していた「いまにも消え入りそうな音楽」を聴いてみる。このときのために、三年ほど前から、「いまにも消え入りそうな音楽」のみを収集してきた。

知らない街の地図の中を歩いていこう。きょうはそんな楽しみ。一時間の昼休み。ぼくはそこへ行く。ここにいながら、コーヒーの飲み残しをちびちびと口にし、どこなのだろう、昼下がりのだあれもいない街のはじっこを歩いている。

君の無防備な寝顔、
無邪気ないびきこそが、わたしの幸福です。

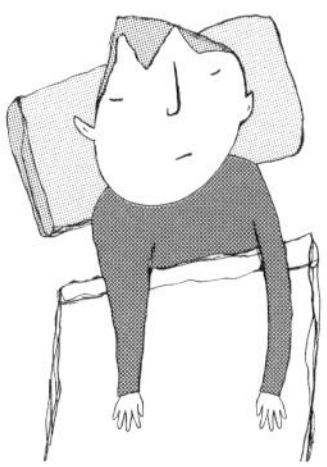

赤いコートを着た身長十二センチメートルの女が数々の冒険を試みる一週間。キッチン・テーブルを横切る際に胡椒の瓶と対決し、子供のころに見た青いヘビが記憶の中からあらわれて難解な問答をくりひろげる。あるいは、湖水地方の旅のおわりに巨大なコップが伏せられて中に閉じ込められ、三流映画館の映写室では、突然息絶えた映写技師の代わりに上映中のフィルムをどうにか回しつづける。そうするあいだも、常に彼女は赤いコートを脱ぐことなく、それが彼女の素肌であるかのようにふるまう。木星が地球をかすめて通り過ぎ、男たちはその影響で、パンケーキを食べる長期旅行に出かけてしまう。女たちだけが残された町で彼女は歌を披露し、モノクロ映画しか映らない深夜のテレビ画面に死んだはずの父親が映し出されて、父の名を呼びながらテレビを揺さぶり過ぎて、ついには破壊してしまう。そんな一週間が過ぎ、三十七歳の誕生日を迎えた彼女は町はずれの仕立て屋で青いコートを新調する。

さぁ、私はまたあたらしい小さな新聞を発行しよう。
どんな名前をつけようか。
私はそれを地下鉄の駅で配る。
さぁ、なんという名前だ。日曜日の午前中の小雨が降る街で、
もうひとりの私がそれを読んでいる。
さぁ、どうだ、その新聞はなんという名前だ。
小雨の日曜日に読む新聞の名前。
さぁ、教えてくれ。

「太った男の冒険」

それから私は、この食堂で時間をなくしていく。あまたの時間をなくしていく。本当にそうかい。時間はなくなっていくもんだろうか。そうだよ、結局のところ、私は、刻一刻と私に与えられた時間を使い果たしていく。じゃあ、どうすればいいだろう。私はどうしていいかわからなくて、頭をなんとか働かせるために、ここへ来てハムエッグ定食を食べる。そのくりかえし。時間について考え、もっとよりよく考えるためにこの食堂に来て、ハムエッグ定食をいただく。そのくりかえし。でも、長い時間が流れたら、きっとこうした時間の流れこそ愛おしく思うものだ。そんなふうに人は未来へ時間をすすめ、いまこの時間を遠巻きに眺めることができる。頭の中でね。時間は強敵だけど、こうした知恵をはたらかせて、私はこの小さな苦悶を愉快なものに変えられないかと思う。

自分が立っているところは紛れもなく〈大病院〉のロビーで、正面に〈大受付〉と札が下がった小部屋がありました。

左右に廊下がつづいており、左の廊下に掲げられた案内板には、〈大階段〉〈大食堂〉〈大薬剤室〉〈大浴場〉〈大隔離部屋〉〈大売店〉とあります。

右の廊下に掲げられた案内板には、〈大手術室〉〈大休憩室〉〈大解剖室〉〈大電話室〉〈大ＷＣ〉〈大レントゲン室〉〈大中庭〉とあります。

最後の〈大中庭〉というのは、ダイナカニワと読むのでしょうか。

文字どおりであるなら、この〈大病院〉には大きな中庭があるようです。

その中庭につながっているせいか、右の廊下からわずかに風が感じられます。

少々、迷ったのち、右の廊下を進んでいきますと、たしかに〈大病院〉の名にふさわしい広さと奥行きが感じられました。

とは云っても、〈大電話室〉は大げさであろうし、〈大休憩室〉というのも決して正しくはありません。

いまはもう病院ではないのですから、往時がどんなものであったか想像するしかありませんが、どれほどの大想像をしても、電話室も休憩室も〈大〉が付くほどのものではないでしょう。

名前のない色を紙に刷って、インクの匂いをかぎながら、その色に名前をあたえる仕事をつづけてきた。色をつくっているのではなく、ぼくはただ名前をつくり出しているにすぎない。色はぼくが生まれる前や死んだあとにもそこにあり、ぼくの考えや記憶とは何のかかわりもない。だから、特別な仕事であるとは思っていない。誰もが何かに名前をつけている。もし、これまでの人生で一度も名前をつけたことがないのなら、周囲を見わたし、空や自転車やマグカップや野良猫を、自分なりの呼び方で名付けたらいい。

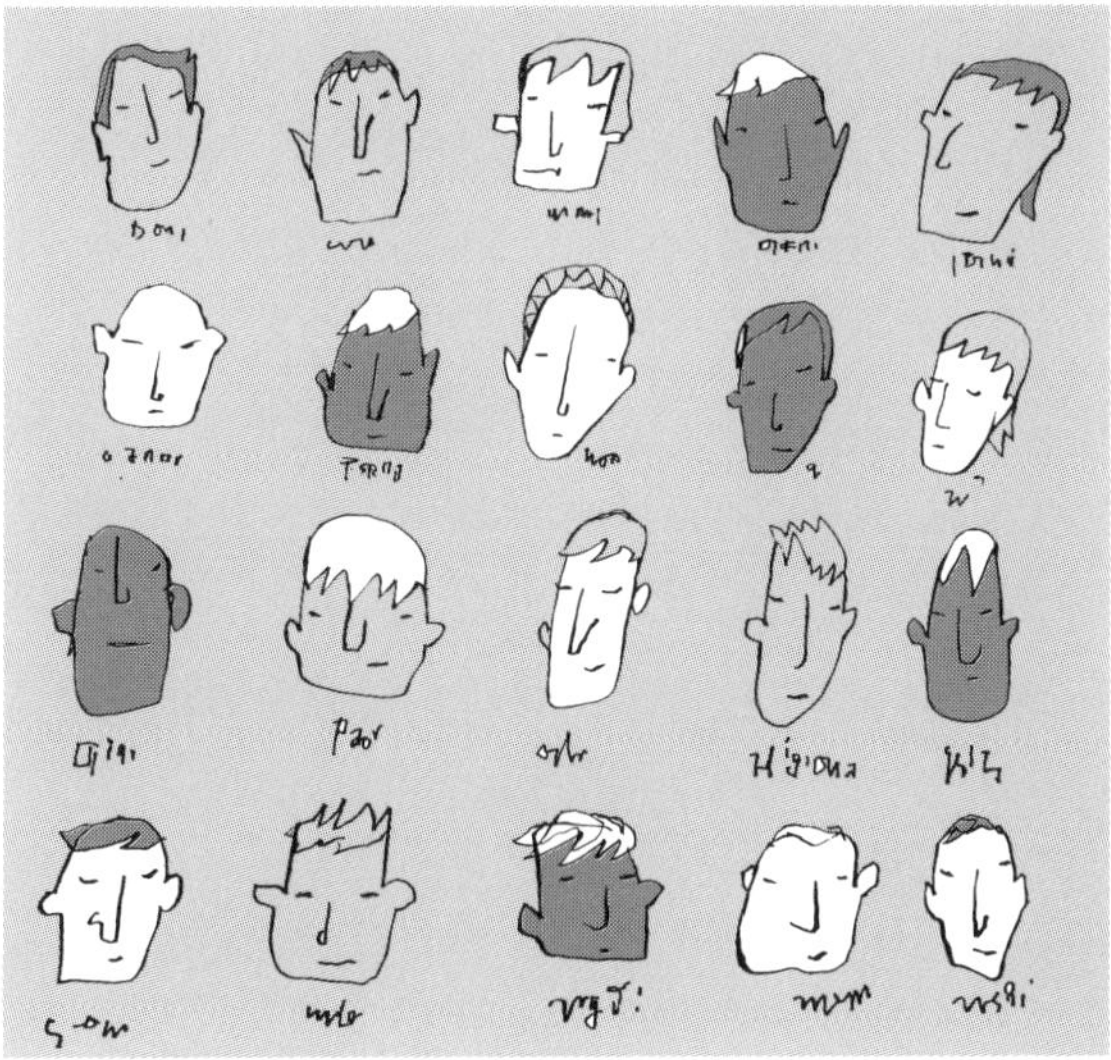

そこにごろんと転がった林檎の絵を描くということは、
ごろんと転がった林檎から、
絵を描いているぼくが見られていることでもある。
それで、ときどき、ぼくと林檎は入れかわる。
何も難しいことじゃない。

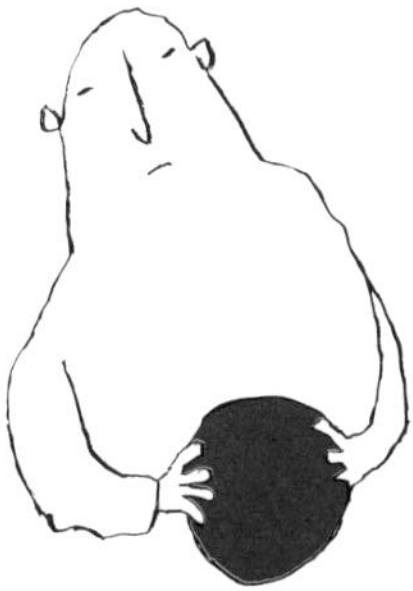

雲を集める男から、「いいのが入ったんです」と連絡があった。私は地面から七センチだけ浮上する彗星スクーターに乗って、雲を集める男の〈ガーデン〉に出向く。途中でハーフサイズのビッグ・ホット・ドッグを買い、自動販売機でいつもの缶コーヒーを買って、七分で〈ガーデン〉に到着。

〈頭頂音楽システム〉で森川ブルーのラジオを断続的に聴き、Chocolate Watch Band の音圧の高いシングルを集めたヴィンテージ・アルバムを四分間で耳から頭に入れる。

〈ガーデン〉に着くと、雲を集める男がゲートで待っていて、見習いの少年を従えて、「ようこそ」と出迎えてくれる。

少年は首からミニチュア・ピアノをさげていて、五ミリほどの鍵盤を指先の尖った部分で巧みに弾いてみせる。

彼は言葉が話せない。ピアノの音色で「ようこそ」と伝えてくれるのだ。

あたらしい雲は煉瓦の壁で囲われている。地上十メートルほどの高さに浮遊し、どのような仕組みになっているのか、囲いの中から流れ出ることはない。

「地上から吸い上げた記憶と物語がたっぷり含まれています」

雲を集める男が収穫地と、その土地にまつわる歴史が記された小さな詩集のごときマニュアルを差し出した。

四分で流し入れたChocolate Watch Bandが頭の奥でほのかに鳴っている。

私はここで雲を購入したことはない。

クラウド・ハンティングは富裕層の遊びだ。私はただ物語の結晶を見物するのみで、それらの雲に近づけば、きっと私の体の中へ物語が戻ってくる。

そして、私はそれをいつか一冊の本に仕立てたいと願っている。

あとがき

街のどこかで、「ぐっどいゔにんぐ」という言葉を耳にし、夕方の机の上に小さな香水瓶を並べるようにして、この本をつくりました。

もしくは、引っ越してきたばかりのあたらしい部屋で、最初に電球をひとつ取り付けた夕方を思い出しながらつくりました。

そのような夕方があったのです。

いま住んでいる部屋に越してきたとき、まだ何もない台所にぶらさがったソケットに、電球をひとつ、ねじ込みました。

窓の外に夕方の終わりの時間が流れていて、部屋の中の電球と自分は、なにものでもありませんでした。あの空っぽの部屋と、なにものでもない時間の嬉しさ。

ぐっどいゔにんぐ。

小説や詩になる前の言葉を、ここにそのまま、なにものでもない声のまま並べ、それが一口で食べられる菓子を並べたようにならないものかと夢想したのです。

いつでも最初は置き場所の決まっていない言葉として生まれてきて、それらのいくつかは、結ばれたり広がったりして頁を成し、ノンブルが与えられ、裁断されて、綴じられて、扉や表紙に装われて陽のもとにあらわれます。

けれども、ここに並ぶ、どこにも含まれることのなかった言葉のいくつかは、裸電球のほのかな光のもと、誰にも読まれることなく、誰にもひらかれることもなく、紙の上で息をひそめていました。

あるいは、歓迎されないかもしれないこれらの言葉のつらなりこそ、自分にはことのほか愛おしいのです。これらの言葉や行文が、この先、一冊の本のタイトルになっていたり、もしくは、その中の数行や一ページになっていることがあるでしょう。

そう考えると、ここに並べられたものは博物館の展示物ではなく、隙間からほんの少し覗いた未来のかけらなのです。

人生が前へ進むにつれて、さまざまな事物の終わりを見届ける場面が増えてきました。「終わり」は決して悪いものではありません。しかし、あまりに多くの「終わり」に囲まれてしまうと、なにもかも終わってしまうんじゃないかと錯覚してしまいます。

そんなことはありません。

「終わり」は、おおむね不意にやって来て、自分の無力さに嘆きながら見守るしかありませんが、「始まり」は、いつでも自ら立ち上げるものです。

これまで数えきれないくらい「夜の物語」を書いてきました。しかし、ここからまた、いくつもの「夜の物語」が始まるのです。これは、そんな夜の始まりのご挨拶でした。

ぐっどいぶにんぐ！

二〇二〇年　晩秋

吉田篤弘

本書は書き下ろしです。

装幀とレイアウトは、
クラフト・エヴィング商會〔吉田浩美・吉田篤弘〕
が担当しました。
装画と挿絵は吉田篤弘が描きました。

吉田篤弘（よしだあつひろ）

一九六二年東京生まれ。作家。小説を執筆するかたわら、クラフト・エヴィング商會名義による著作とデザインの仕事を続けている。著書に『つむじ風食堂の夜』『それからはスープのことばかり考えて暮らした』『レインコートを着た犬』『台所のラジオ』『遠くの街に犬の吠える』『あること、ないこと』『おやすみ、東京』『おるもすと』『月とコーヒー』『チョコレート・ガール探偵譚』『流星シネマ』など多数。

ぐっどいゔにんぐ

発行日　二〇二〇年一一月二〇日　金曜日　初版第一刷

著者　吉田篤弘
発行者　下中美都
発行所　株式会社平凡社
〒一〇一-〇〇五一　東京都千代田区神田神保町三-二九
電話（〇三）三二三〇-六五八〇［編集］
（〇三）三二三〇-六五七三［営業］
振替　〇〇一八〇-〇-二九六三九

印刷・製本　シナノ書籍印刷株式会社

ISBN978-4-582-83852-7
NDC分類番号913.6　B6変型判（16.6cm）　総ページ192
平凡社ホームページ　https://www.heibonsha.co.jp/
落丁・乱丁本のお取り替えは小社読者サービス係まで直接お送りください（送料は小社で負担いたします）。